近づいてきたくちびるがそっとふれる。
「こういうのやばいな。なんか新しい世界に目覚めそう」

（本文より抜粋）

DARIA BUNKO

今日、おとうとができました。

恵庭

ILLUSTRATION 羽純ハナ

ILLUSTRATION
羽純ハナ

CONTENTS

この作品はフィクションです。
実在の人物・団体・事件などに一切関係ありません。

今日、おとうとができました。

冬の始まり

六月八日
殴られてほお骨と歯を折る。
夏川記念病院で治療を受けたので記録が残っているかもしれない。
四月六日
三十分ほど蹴られた。母親と俺を混濁しているようだった。
母親がいつからいなかったのか思い出せない。二歳頃まではいたはず。
九月二十七日
寝ている間に火をつけられた。
背中に火傷《やけど》。アパートの大家が警察を呼んだ。

レポート用紙の薄い罫線《けいせん》に、日付から始まったメモ書きは思い出せる順に書いたのかとりとめなく羅列されている。段々と走り書きのように字が乱れ、黒く塗られているところもあった。

床に落ちている紙はその続きのようだったけれど、紙の端が握り潰されたようにゆがんでいた。くしゃくしゃに丸められた紙屑《かみくず》を拾って、それからやっぱり元のところに戻した。

渋谷《しぶや》の部屋は冬の空気でひやりとしていた。紺色のシーツをかけたベッドには、同じ色の毛布が丸めてあったけれど、いつもその下で縮こまって寝ている渋谷の姿はない。

隣の部屋では母さんがまだ寝ているので、音を立てないようにそっとドアを閉めた。帰ってきたのが明け方だったので、起こしたらきっと鬼のように怒られるだろう。

そういえば、ドアはもともと開いていたから、閉める必要はなかったなと、閉めてから思った。

三年前に引っ越してきたこの家は無駄に広い。ガラス張りの廊下から見える庭には池があって、大きな石にまわりを囲まれて鯉《こい》が泳いでいる。そのすみっこで渋谷はしゃがんで池をのぞき込んでいた。

ガラス戸の鍵を外して、驚かさないように小さな声で「渋谷」と呼びかけた。よく通るといわれる声に、渋谷は気づいて目だけをちらりと動かした。距離でも測るかのようにこちらを見ているので俺は庭に降りた。

一月の早朝はもちろんとても寒い。渋谷はジャージにサンダルという姿で、裾をまくった足元が寒々しい。口元には煙草がくわえられていた。

「おまえこんな寒いのに何やってんの。煙草吸うなら俺の部屋においでよ」

つい、と視線をそらした渋谷の頭に手を置いた。

渋谷の髪は黒と茶のツートンで、普通なら生え際が黒いけれど、その逆に生え際が茶色い。黒いところは染めていて、伸びてきた地毛は色素が薄かった。瞳も同じように色が薄く、肌も蒼白《あおじろ》い。次の日曜は太陽のあたるところにつれて行かなくてはいけない。

　渋谷は俺から逃れるように立ち上がり、煙草をつまんで「うるせえ」と怒った。

「あれ、火つけてないじゃん。渋谷えらい。俺と禁煙しようって約束したもんな」

「してねえ」

「別に吸ってもいいけど。そしたら約束やぶった罰でキス一回だからな」

「そんな約束してねえだろ！」

　ぐるんとこっちに向きなおった勢いで、パーカーの胸元をつかみ上げられる。

　間近で見ると小さくてつるつるした顔だ。今は寒さで白くなっているけれど出会った頃より血色は良くなった。俺が良くした、と思うと顔がにやけてしまう。

「にやにやするな」

「えー、でもこっそり吸ってるふりされたら、ひょっとして誘われてるのかなって思うよ」

「腹減ってたんだよ！」

　証拠のように顔の前に出された煙草の吸い口はガジガジにかじられているから、ニコチンとかタールとかヤニとか、普通に吸うよりも身体に悪いんじゃないのだろうかと心配になる。

　まじまじと見ていると、渋谷はいまさら顔の近さに気づいたのか、少し目を泳がせて、胸倉をつかんでいた手でドンと叩《たた》いてきた。

「鯉見てたの？」

煙草をつまんでそう聞くと、少し言い淀《よど》んで、それからオレンジ色の模様をした鯉の横を指差した。

「こっち。蜂の巣あったから」

「蜂の巣？」

大きな葉にまぎれて、お椀《わん》のかたちをした茶色いかたまりが浮いている。いくつも黒い穴が開いて、乾燥した木のような質感のそれは、確かに小さな蜂の巣に見える。

「ああ、これハスだな。渋谷、ハス知ってる？」

渋谷はぱちぱちと瞬《まばた》きして、もう一度それを見た。

「ハス？」

「そう、蓮《はす》の花。冬はこんなんなってるけど、夏にはピンクの花が咲くよ」

「蜂じゃないんだ」とつぶやいた。

納得したようだったので嬉《うれ》しくなる。渋谷は頭がいいので俺が何かを教えてあげられる機会はほとんどない。

「蓮って蜂の巣からとった言葉だから似てるんだよ。うちのは小さいからレンコンは無理だけど、蓮の実なら取れるかもしんねーから、来年は枯れたらすぐ見てみような。ちまきに入れたり煮て食べれるから」

物知りな俺が珍しいのか、渋谷がきょとんとした顔を向ける。無防備で可愛い。

「渋谷は蜂が見たかった？」

「……食べれるもののほうがいい」

ふは、と笑って俺は渋谷の手を握った。手もとても冷たかった。

「じゃあ食べれるもの作ろう。パンとご飯どっちにする？」

「パン」

「せっかく早起きしたし、パン屋行こうか。とりあえずその前に何か上に着なよ。見てるだけで寒そう」

渋谷の手を引っ張った。渋谷は一度だけ蓮を振り返って、けれどおとなしく俺についてきた。

あの蜂の巣に花が咲くことが不思議なのだろうか。

渋谷はこの庭の夏を見たことがない。夏にはまだこの家の子どもではなかったし、俺の弟でもなかった。

＊＊＊

渋谷がコンビニでバイトを始めて半月が経《た》っていた。俺が店内をのぞくと、渋谷は看板と同じ青と白のしましまのユニフォームを着て、面白くなさそうな顔で働いている。

レジには誰もいなかったのでただぼうっとしているようだけど、ただぼうっとしてるだけでも顔のいいやつは得だ。渋谷は黙っているとさらに頭が良さそうに見える。

店の中でお菓子のコーナーにいた女子高生のふたり組が、ちらりと渋谷を見てから楽しそうに内緒話をしている。なにを話しているかはもちろん聞こえないけれど、なんとなくその様子は気持ちよくなかった。

店に入ると来店のブザーが鳴って、渋谷も目の端でこちらを確認した。

「おつかれ、渋谷。頑張ってる？」

コートのポケットに手を突っ込んだままでそう声をかけると、渋谷はものすごく迷惑そうな顔をした。

「何しに来たんだよ」

「可愛い弟が頑張ってるなら俺も貢献しなきゃと思って。兄ちゃんに肉まんちょうだい」

「肉まん一個でなにが貢献だ」

「じゃあ五個ね。夕飯も肉まんでもいい？」

ぎろりとねめつけられる。

「肉まん五個で千五百円です」

「ぼったくりだろ。肉まんって百二十円くらいじゃなかったっけ」

渋谷はせっせと特選肉まんを袋に詰めている。特選肉まんはひとつ三百円だ。

「今日、お父さんも家にいるの？」

渋谷のくちからお父さん、と聞くと父親に嫉妬を覚えてしまう。兄弟になってから俺のことをお兄ちゃんと呼んだことはないのに。

「締め切り前だから家にいるんじゃない？　余ったら五個くらい俺が食うよ。腹減った」

渋谷はまたちらりと俺を見て、「俺も食う。バイトしてんのに、ここの肉まん食ったことない」と言った。

「あんまんは？」

「あんまんはいらない。餡子《あんこ》がざらざらしてて気持ち悪い」

「渋谷はこしあん嫌いなんだ」

渋谷の好き嫌いを知るのは嬉しい。財布から二千円を出して支払うと、受け取った渋谷はそれを目の高さに掲げた。

「二千円札久しぶりに見た。なんでこんなの持ってんの」

「普通に購買でお釣りでもらったけど。俺も珍しいなーとはちょっと思った」

「これもう発行されてないって知ってるか？」

そう言ってくちの端で笑う。笑みらしいものをこぼすことが多くなったなと思いついて、俺の機嫌は急上昇した。たいがい渋谷の機嫌がよければ俺の機嫌もいい。

「終わるの何時？」

俺がきくと、渋谷はちょっと真顔で俺を見た。

「今日は八時だけど、おまえ待ってるつもり？」

「あと三十分だし、外でこれ食ってるわ」

特選肉まんの袋を受け取ってそう言うと、渋谷は表情の出づらい顔を少しだけしかめた。

「外、寒いから帰れば」

「大事な弟を夜遅くにひとりで帰らせるなんてできないよ」

渋谷はバカじゃねえのと書かれた顔をしたけれど、ふいっと俺から視線を逸《そ》らして並んでいた客に目を向けた。

いらっしゃいませという声を聞きながら、雑誌コーナーに立ち寄る。並んだカラフルな雑誌から一冊を引き抜き、それを読むふりをした。

女子高生がふたり、楽しそうに小声で何かを言ってからレジへ向かった。きっと渋谷狙いだろうと、注意深く見守った。髪は長く、うっすら化粧をした下の顔もきっと悪くはないけれど、ぱちりと上向いたまつげが人形のようで嫌な感じだった。

彼女は何かを渋谷に話しかけたが、すぐに友達と連れ立って店を出て行った。それを目で追ってホッとすると、渋谷が不機嫌そうな顔で俺を見ていた。片手を振ると、ぷいと横を向く。

毎週読んでいる週刊誌の連載を読み終えてしまい、次を探そうとしたところで肩を軽く小突かれた。

渋谷がグレーの学校指定のコートを着て、俺の後ろにちょこんと立っていた。

「終わった」

「お疲れ。帰ろっか」

明るい店内でさりげなく手を繋《つな》ぐと、勢いよく振りほどかれる。渋谷は人目をものすごく気にするので、俺も気をつけなければいけないのに、なかなか実行できない。

「帰りにスーパー行く？　渋谷は何食べたい？」

渋谷は「うん」と生返事をした。

「寒いしおでんとかどう？　渋谷は何が好き？　大根とがんもどきは食べれたよな。餅巾着は？」

「別に、なんでもいい」

渋谷は素っ気なく言って横を向いた。くちびるが赤くて可愛い。両手をダッフルコートのポケットに突っ込んで、ぶっきらぼうにつぶやく男にそう思う。

暗闇をとぼとぼと歩いてついてくる渋谷は少し頼りなかった。半年前までは『高井家《たかいけ》』が帰る家になるなんて思いもしなかっただろうから、気後《きおく》れするのも納得がいく。

「手、繋ぐ？」と右手を差し出した。

「は？」

心底、嫌な顔をした渋谷もそれはそれで可愛い。

「なあ、寒いから、帰るまで手繋いでよ」

お願い口調にしたら、渋谷はますます嫌そうな顔をしたけれど、少し迷ってから俺の手を握った。やっぱり冷え切っている。

きゅっと握り込んだ指は細く、身長のわりに渋谷が細いことを思い出させた。前から抱きしめると、背中がものすごく薄いことがわかるのだ。腹も二の腕も余分な肉などなくて、道端の花のようにはかない。

くいっと腕をひくと、バランスを崩した渋谷は俺を見上げた。驚いた表情が可愛くてついキスしたら、大げさに腕ごと振り払われて、誘拐犯でもみるような軽蔑した目で睨《にら》まれた。

腕でごしごしとくちびるをぬぐう渋谷を見て、おまえくちびるが荒れやすいんだから無茶するな、と思う。まったく、俺が思う筋合いのないことだったけれど。

渋谷は俺が少しほおをゆるめていたせいでさらにギリギリと奥歯を噛《か》んだ。舌も入れてないのに潔癖だなと思っていると、ぴたりとその場で立ち止まった。

「おまえむかつく」

ぼそっと呟《つぶや》く。

「ん、ごめん」

「悪いと思ってないのに謝るな。なんとも思ってないからこういうことするんだろ」

渋谷は暗闇の中で半泣きに見えた。

なにが彼を追い詰めてしまったのだろうと思って焦る。少しかがんで目をのぞき込んで、ゆらゆらしている目と視線を合わせた。ゆらゆらしているのは茶色い瞳いっぱいに透明な膜がはられているからだった。

「もっかいしていい？」

ギリギリとした歯ぎしりが聞こえそうなほど、渋谷は奥歯を噛んで耐えた。それから首を横に振って俯《うつむ》いた。拳を握っている手をつかんで、もう一度帰ろっかと囁《ささや》く。

「おまえむかつく」

渋谷がもう一回そう言ったので、耳元で好きだと言った。

「飯食ったら続きする？」

渋谷は訝《いぶか》しげに眉をひそめたが、数秒後に意味が通じたのか急激に顔を赤くした。切ったばかりの髪のすきまからのぞく、耳まで赤くなっていて可愛いかった。

「絶対しねえ！　おま、おまえほんと馬鹿、しね！」

ぎゃんぎゃんわめく渋谷の手をつかんだまま、俺はのんびりと帰り道を歩いた。


家には父さんがいた。小説家をしているのでだいたい家にいる。

締め切り前には一日のほとんどを空想の中で過ごしていて、三日目のシャツをだらしなく着て長めの前髪も整えていないところを見ると煮詰まっているのは明らかだった。

独り言をつぶやきながら、片手で宙に何か書く様子はどう見ても不審者だ。薄汚れているよ

うに見えないのは髭《ひげ》の生えにくい体質と整った顔立ちのせいで、その容姿が小説家としての人気を後押ししている、とまで言われている。

俺が小学生の頃、学校行事にやってきた父さんは若い母親たちに混じってもまったく臆さなかった。

愛想を振りまくわけではなかったけれど、柔らかな物腰は母親たちにも教師にも受けが良かった。俳優の誰それに似ているだとか、おっとりと話す低く通る声も魅力的だとか騒がれたらしい。

その人気も父さんが無職だとわかるまでだった。小説で成功する前の数年間のことで、父さんはその前は教師をしていた。赴任先の女子高で教え子と不祥事を起こして辞職した上、数年後には教え子である母さんのヒモになったというのだからどこを取ってもひどい話だ。

陰口を叩かれても父さんは平気な顔で、学校行事にも野球の試合の応援にも来てくれた。

それから数年後、小説家として有名になるとまわりはてのひらを返したようにまた父さんを持ち上げたけれど、それでもやっぱり平気な顔をしていた。父さんが平気そうだったから、俺も何を言われても平気だった。

おでんと肉まんを食べて、満腹のあまり俺も父さんも渋谷もしばらくぼんやりして天井をながめた。

「じゃーんけーん」

ぽん、と俺と父さんが手を上げて、渋谷は一拍遅れて「え」と言った。

「はい、出さなかったから渋谷の負け」

「国春《くにはる》、おまえパー出しただろ。負けたからって渋谷君に押し付けるなよ」

「じゃあ父さん洗いなよ。おれら買い物してきたんだよ」

父さんはむくりとソファに身を起こして、それから真面目な顔で俺と渋谷の顔を見た。

「降りてきた……」

降りてきちゃった父さんはそそくさと書斎にこもってしまったので、俺たちは食器を片づけ始めた。

残業している母さんのためにおかずを小鉢に取り分けて、茶碗《ちゃわん》をふせて置いておく。渋谷は鍋からそうっとおでんをアーモンド形の取り皿に移していた。

そんなに慎重にしなくても、別にこぼれてもいいんじゃないかなと思うけれど、真剣な横顔を見るのはちっとも悪くないので口出しはしない。

きちんとラップをかけて夜食セットをカウンターテーブルの上に置くと、他の食器はすべて食洗機にしまわれてゴウゴウと音を立て始めた。

ダイニングテーブルを台拭きで拭いている渋谷は、いっそエプロンとかしてくれないかと思うくらいにたどたどしい動きで新妻のようだった。

渋谷は家事があまり得意ではない。けれど俺や父さんが渋谷に「あれやってみて」と言えば、なんとか失敗なくこなそうと頑張る。

　初めてやるなら失敗してもいいと俺は思うけど、男たるもの失敗してもやり直せるなんて甘ったれたことを言ってんじゃないわよ、という母さんの言葉に目を輝かせていたのでなにも突っ込まないでおく。

　だから渋谷は何に対しても一生懸命だ。顔は男前の部類に間違いなく入るのに、その必死さのせいでとても可愛らしい。

　でも俺は最近、渋谷が何をしていても可愛く見える病気のようなので、渋谷に対する評価はあまりあてにできない。

　夕飯を食べた後は、ゲームも、借りてきたＤＶＤもあるし夜は長いしなとわくわくしていたら、渋谷は教科書や参考書を抱えてリビングに戻ってきた。

「よしやるぞ。おまえはそっちに座れ」

「え――」

　絶望的な叫びもそりゃ、出る。

「テスト終わったばっかだろ。遊ぼうよ」

「馬鹿には休みなんてない」

「ていうかなんで向かい側？　すっげえ遠いじゃん。もう、宿題でもいいから俺の部屋でやろうよー」

「うるせえ、早く座ってこの問題解け。おまえこないだのテスト赤点だったろ。あんなの間違えるなんて馬鹿だろ」

「ひっど！　まあそりゃ渋谷が教えてくれたのに赤点取ったのは悪かったと思うけど。でも渋谷が教えてくれるほうがいつもより気が散るんだよな。なんかすべすべしてるし、いいにおいするし」

「バッカじゃねーの」

本気で苛《いら》ついてきたようなので、俺はそっと目をそらして隣に座った。

渋谷の向かいに、一緒に買いに行った参考書が開いて置いてある。指先で引き寄せ、ちゃんとやりますよという気持ちを込めて上目遣いで渋谷を見たら、もう自分の参考書に夢中だった。

仕方なく参考書に目を落とす。高校で使われる教科書に添って作られているので、ひたすらテストに出そうなところを暗記していく。

適当にわからない問題をでっちあげて、声をかけようかと思ったが、渋谷が真剣に問題を解いていたので諦めた。渋谷の集中力は半端ない。「渋谷先生終わりました」以外のパスワードではもう開きそうもない。

それにしても、確かに現国で赤点はない。正解したのなんて漢字半分くらいだし自分でもあれはひどかったと思う。数学とか物理はまあまあいけるし、前回のテスト勉強は渋谷に英語をみてもらっていたから赤はまぬがれた。

渋谷もまさか現国で足を引っ張られるとは思っていなかっただろう。なんせ試験前日に「やべー現国まったく見直してなかったわ」と焦った俺に、あんなの日本人ならほっといても最低半分は解ける、と豪語していたので。

実際、渋谷は俺に英語を教えるのにかかりきりでテスト勉強などしていなかったのに、現国は満点だった。じゃあ俺、日本人やめたほうがいいかもしれない。だって四点だったし。

「おい」

どす黒い声が聞こえたので、にこっと笑って顔をあげる。

「なに?」

「つまんないこと考えてないで読め。そして解け。時間を無駄にするな」

「はいはーい」

「ふざけてんじゃねえぞ。おまえレベルに教えるんだから、時間がいくらあっても足りないんだよ」

渋谷の目は据わっていた。俺は渋谷の目をじっと見返して、それからおもむろにふいっとそらした。

ふてくされていることが伝わったのか、渋谷は少しだけ動揺した声で「なんだよ」と言った。

渋谷は短気でとてもくちが悪い。思ってもないことでもついぽろっとくちをついてしまう性格だ。自分からは謝れないし、そもそも謝り方を知らない。

ごめんと言わなくてはいけないことよりも、相手が許してくれるかを先回りして計算するから、許してもらえないのが怖くて謝れない。

俺のように軽く、手持ちのカードのように簡単に切ればいいのに。頭が良いのにそういうところは気が回らなくて不器用だ。

「一時間、やったら」

「ん？」

「遊んでいいから。ちょっとだけ集中しろよ」

言いながらだんだん目線が下がってしまって、言葉も消えていって。最後は結局俯いた。口調はともかくとしてほぼ懇願。

馬鹿じゃないのかな、と思う。俺の勉強につき合って、俺のために注意してくれてるのに、なんで逆ギレした男に可哀想なくらい必死にお願いしてるんだろう。というより俺はなにをしてるんだろう。まずい、自殺したくなってきた。

でもそれはそれとして、困っている渋谷は可愛くて俺はさらに踏み込んだ。

「真面目にやったら渋谷が後で遊んでくれるの？」

顔を少し上げてくれたので、笑って「俺、渋谷の腹さわりたいな」と続けた。

時々、渋谷の腹をさわることがある。もちろん許可など下りないので不意打ちで風呂上がりなんかにさわる。渋谷の腹はぺたんこで、抱きしめると内臓がちゃんと収まっているのかと怖くなるほど薄っぺらい身体をしている。

　肉まんやおでんが渋谷の腹に肉をつけてくれたらいいのにと思う。渋谷が何かを食べているのを見るのが好きで、食べ終わると、確かめるように腹にさわりたくなる。

「なあ、これ終わったら、腹なでていい？」

　反応を待っていると、渋谷は目を開いたまま、じわりと、もう容量いっぱいですという表情に変わった。

「お、まえ」

　いつものように変態とか馬鹿とか続くのかな、と思っていたが、渋谷はくちを腕でかくして、泣きそうな仕草でひくりと震えた。ひょっとして見誤ったかと焦る。もう少し虐《いじ》めて、それで俺から謝ればいいかなと思ったのに。

「なに、どうした？　怒ってないよ？」

　本当に今さらだけれど、慌ててほおに手を伸ばした。両手で顔をつつんでのぞき込もうとすると、声も出さずにかぶりをふって嫌がられた。ぐずった子どものように耳まで赤くなっている。

「ごめん、意地悪言いすぎた。渋谷？　ごめんね？」

　いよいよローテーブルよりも渋谷の頭が低くなって、丸くなってくる。ぐず、と、しおれた音が丸まったダンゴ虫の下から聞こえてきて本当に焦った。

背中をなでながら「問題すぐやるから！　すぐ！」と叫ぶ。

「こっからここまで全部終わらせるから。現国ばっかやってたら勉強進まないもんな。あーあと、しばらくゲームはここでしよう。うん、勉強もここでしよう。俺の部屋よりここのが広いし集中できるし、ちょうどいいよな渋谷」

ことさら明るく話しかけ、柔らかい髪をなでてなぐさめる。渋谷は一向に頭をあげようとしない。

リンゴンとインターホンが鳴った。おそらく母親だろう。素晴らしくタイミングはいいけれど、はたしてこの現場に母親が加わるのが本当にいいのだろうか。ぴくりとも動かない渋谷をもう一度ゆるくなでて、玄関開けてくるな、と囁いて逃げるように走って玄関まで行った。

「母さん、鍵持ってんだろ！」

勢いよく開けるとブランドのスーツに身を包んだ母親が立っていた。スーツの襟には向日葵《ひまわり》のかたちの弁護士バッジ。

夜中でも疲れた様子はなくきっちり化粧して、ゆるくウェーブした長い髪を頭の後ろでまとめている。色白の肌に華奢《きゃしゃ》な身体つきは一見するとか弱い印象を受けるので、たいていのひとは外見に騙《だま》されるけれど、見かけとは正反対に気が強くて、くちを開くと機関銃みたいにうるさい。

家に入った途端、眉尻をきりりと吊《つ》り上げて俺の耳を引っ張った。

「おかえりなさいも言えないの？　この馬鹿息子」

「痛い！」

「まったく高校生にもなって騒々しいわね。走ってくる音が外まで聞こえたわよ。そんなにお出迎えしたかったの」

「母さん、うるさいんで早く入ってください」

「なんですって？」

　リビングに戻るとソファにはちょこんと渋谷が座っていた。いつも通りの顔をしていたけれど、俺はさっきまでの後ろめたさから近寄りづらくてリビングの入口で固まった。追いついた母親が邪魔と片手でリビングに俺を押し込んだ。

「アカネ君ただいまー」

「おかえりなさい」

「あら、勉強してたの？」

　言いながら渋谷に近寄って参考書を手にした。

「まあ、頭のよさそうな参考書。こっちの落書きしてあるのは国春のでしょ。まったく誰に似ちゃったのかしら。ごめんねーこの子の面倒みるの大変でしょ」

　渋谷は少しはにかんだ。キッチンに入った母さんが、きゃーおでん、昼もおでんだったのにと文句を言う。

俺は死刑執行される囚人みたいにそろりとソファに近づくと、渋谷は険しい顔で俺を見上げた。

「続き、早くやれよ」

「はい」

「現国早く終わらせて、他の教科もさっさとやるぞ」

「あ、はいはい」

「それから……あんなの泣き真似だ、馬鹿」

いやいや。泣き真似だったら目の縁が赤くならないだろ、なんか鼻声だし、というのは全部心の中に留めておいた。

「おまえ嫌い」

困ったように、小さくつぶやいた。渋谷は俺をどうするつもりなんだろう。こんなに可愛くて俺を深みにハマらせるばっかりで、最後は煮て焼いて食ってしまうつもりなんだろうか。

その日は両親の結婚記念日で、渋谷と俺は家にふたりきりだった。リビングでゲームをしながら、負けた方がなんでも言うことを聞くという賭けをした。

で、結果は俺の勝ちだった。渋谷は、もうおまえとは賭けないと悔しがった後で、切羽詰まった顔をした。

「なにすりゃいいんだよ」と言った一瞬後の、しまった困ったたって渋谷の表情の変化は、少しだけ俺の心を傷つけた。

それでなんだかひどく可哀想になって、じゃあ夕飯は渋谷が作ってよと提案した。

拍子抜けした顔も可愛かったけれど、俺は夕食ができあがるまでソファで寝転びながら、どうせなら一緒に風呂入って頭洗ってとか言っちゃえばよかったと、こっそり悔しがっていた。

結果として、渋谷の初めての夕飯作りは火災報知機で中断された。

俺は現場に残されたレトルトの箱から、これ野菜切ってフライパンで炒めるだけだよね、と悩んだけれど、渋谷がそれはそれは悔しがっていたので、くちには出さず冷蔵庫をあさって親子丼とサラダと味噌汁を作った。

出された食事をもそもそと俯いて食べていた渋谷は、他の言うこと聞くから言えよとキレ気味に言った。

もう他には思いつかないし別にいいよ、と気を遣って言うと、渋谷はキレついでにどうせ俺に言ってもろくなことにならねえしな、と毒づいた。面倒くさかったので投げやりに「じゃあ頭洗ってよ」と言ってしまった。

渋谷は面食らったようにくちを開けて、やっぱりもそもそと「じゃあそれな」と言った。教訓、願望は言ってみるものです。

肩までお湯に浸《つ》かっているとのぼせそうで、バスタブのふちに両腕をのせた。

「おい、水飛ばすなよ」

「んーごめんねー」

上機嫌の返事に渋谷はいらっとしたのか、泡だらけの髪を引っ張った。

「ちょ、痛い」

「悪い偶然指に引っかかって数本抜けた」

「はは、棒読みすぎだろそれ」

気を抜くと鼻歌でも歌ってしまいそうに楽しい。豪快にボトルから直接シャンプーをぶっかけられた後は、ちょっと慎重すぎるくらいにそっと髪を洗われる。渋谷は深爪で、痛いとかそういうことはまったくなかった。

渋谷はシャツの袖をまくり短パンに着替えて、裸でバスタブ内にいる俺の後ろにしゃがんでいる。わくわくして服を脱いだら、おまえなんで服脱ぐんだよと叫ばれて、え、俺ついでに風呂入るし、みたいに答えたら熱いお湯をはったバスタブに座らされ、あげくは入浴剤を振りかけられた。

白く濁ったお湯で俺の裸は隠れた。なんか普段より設定温度が高いし、そのせいで湯気もいつもより出てるし、これ絶対にわざとだなと思う。

「渋谷、そこの出窓あけてちょっと空気逃がしてよ。蒸す」

「忙しいから後でな」

バスタブにのせていた頭を、少しずらして上を向く。俯いていた渋谷と目が合ったので「渋谷じょうず」と笑った。

「もういいだろ。流すぞ」

「ぶわ！　ちょっと待って泡が目に入った！　自分でやるからやめて」

顔を隠すとシャワーノズルを手渡される。目を閉じたまま身体を反転させて、バスタブから頭だけをだして泡をすすいだ。

ようやく目が開けられるようになると、渋谷が泡だらけの腕をもてあまして、シャワーの順番を待っていた。

「なあ、渋谷も洗ってやろうか？」

「いらね……」

くいっと、手にしたシャワーを渋谷に向けたので頭からびしょ濡《ぬ》れで呆然《ぼうぜん》とする渋谷の出来上がりだ。

水色のシャツが薄い身体に張り付いている。衝撃からたっぷり一拍おいて、渋谷は眉尻を吊り上げた。

俺からシャワーを取り上げようと伸ばした腕を、反対の手でつかんで引っ張ると、前のめりにバスタブに転がり込んできた。

ザバンと大きなしぶきがあがった。俺の身体の上に落ちてきたのでそんなに衝撃はないだろうけれど、俺の身体の上に落ちたことが精神的には打撃だったようで、ぎゃあと叫んで慌てて上半身を起こした。

それで俺はさらにおかしくなって笑ってしまった。殺しそうな目で俺を睨んでぶるぶるしている渋谷に、ちゅっとキスする。ずぶ濡れの渋谷のくちびるは生ぬるくて水っぽかった。

「死ね！」

「まあまあ。どうせ濡れちゃったし渋谷も入んなよ。脱がしてやるから万歳してみな」

「するか馬鹿」

俺はとっくに渋谷のシャツの裾を握っていたので、前のめりになってる渋谷なんか簡単に脱がすことができた。

「やめろ！」

渋谷は悲鳴のように声を上げた。さっきまでのじゃれあいとは違う切羽詰まった声で、「駄目」と言われて俺は手を止める。

「駄目、嫌だ」

ちらりと見えた裸の背中には無数の傷があった。渋谷は傷を見られるのをものすごく嫌がる。

渋谷は俯いたまま首まで湯に浸かった。白く濁った湯のせいで何も見えなくて、渋谷にはちょうどいいだろうけれど俺には邪魔だった。

「あれだな、肩がむきだしだと全身裸みたいな錯覚に陥るなー」

渋谷は膝を抱えて、痴漢でも見るような目で俺を睨《にら》んだ。お湯の中で指を伸ばして渋谷の短パンにふれた。ひらひらした裾をちょっとしたいたずら心でぐいっと引っ張ると、渋谷は慌ててウエストのゴムの部分を押さえた。

冗談めかして「これも脱いだら？」と言ってあげれば渋谷はまたわめけばいいだけなんだけど、せっかくのチャンスなので、そうはしなかった。

卑怯《ひきょう》なのはわかっていたけれど、黙って微笑《ほほえ》んで柔らかいほおにふれた。渋谷は気持ちを読むのが上手くないのに、俺が黙っている時は顔色を窺《うかが》って、なんとか合わせようとする。証拠に、親指でくちの端をなでても、身動きひとつせずにじっと俺の目を見つめていた。茶色の目は見開くと大きくて、綺麗なビー玉みたいでこぼれ落ちそうだった。

怖がっている感じはしなかったので、すべらせた親指を薄く開いたくちに滑り込ませた。ぬるぬるした舌が指先にふれて、急激に動悸《どうき》が早まる。

「舐《な》めて？」

意味を理解すると、表情が泣きだしそうに変わった。くちに含まされた俺の指を憎らしげに嚙む渋谷を見て笑うと、上目遣いで睨みながら「ひね」と言った。

「好きだよ渋谷」

そう言うと、いつだって渋谷は目を合わせられなくなる。そんなに困ったことを言ったつもりはないから、俺だってどうしたらいいかわからない。

ここで渋谷が可愛く「俺も好き」って返してくれるなら、すぐにこんな遊びやめてもいいけれど、渋谷からはなかなか言葉を返してもらえない。

好きとかごめんとか言うかわりに、なにかするというのが渋谷の悪いところだし、まあそれを利用しちゃう俺もたいがい最悪だ。

渋谷はくちにくわえたまま固まり、思案するように少し息を吸った。困っていると全身で告げている。

「一生、好きだよ」

くちびるを指でなぞると、悲痛な顔をする。

「渋谷、舐めて」

くちの中でくちゅくちゅと動かすと、渋谷は目をつむって俺の指をちゃんとくわえた。骨ばった肩が、耐えきれなくて小さく震えていたのに、俺はそれを無視した。

抱きしめて、泣くまでいじめたらとても気持ちがいいのだろう。それは渋谷が、全開の愛情で俺に抱きついて好きだという妄想と同じくらい魅力的でくらくらした。爪と皮ふの境目に小さな歯があたってこそばゆかった。

指に絡む舌は滑らかで、気持ちいいとかいうよりも爬虫類《はちゅうるい》の肌を思わせた。

渋谷は「あのさ。俺、さわろうか？　くちとかはできないけど手なら」とつぶやいた。

「なんで？」

「え、わかんねえけど……してほしいのかと思ったから。俺、料理だけじゃなく何もできなくて、それで迷惑かけたし……」

「それより渋谷にさわりたい」

俺が「下も脱がしてさわりたいけどいい？」と手を伸ばすと、渋谷は怯《ひる》んだ。

「絶対嫌だ」

強く言ってしまってから、失言に気づいたように暗い顔をした。俺は顔をのぞき込んで、

「じゃあさわってよ」と頼んだ。

渋谷はこわごわと俺の太ももにふれてから、手を伸ばして性器をさわった。さわられるところが見えていたらもっと興奮できたのに、入浴剤のせいで何も見えない。どうしても身体を見られたくないのか、あごまでお湯に浸っている。

「なあ、自分でする時もこんな風？」

話しかけると、渋谷はびくりとして手に力を入れた。それでもゆるく上下に動かすだけなので、もどかしい。せめて顔が見えればと渋谷の前髪にふれた。

その途端、ざぶんとお湯に潜ったので驚いた。渋谷の顔はびしょ濡れになって、何でそんなことをしなきゃいけなかったのか、鈍い俺でもわかった。

「渋谷は俺にエロいことされるの泣くほど気持ち悪い？　俺に嫌われるのが嫌だから我慢してる？」

「泣いてない」

「もうちょっとこっち来て」

渋谷の二の腕をつかんで引き寄せた。必死に顔を背けようとするので、無防備な首筋を舐めた。

「っ、やだ」

「こら、逃げないで」

頭を抱き込んで耳たぶをかじる。渋谷は抵抗したけれど、いつもと違って力が弱かった。遠慮なく俺を殴る渋谷を知っているから、行為を許してくれているような気がして楽しくなった。

「なあ、やっぱり下も脱がしていい？　俺も渋谷のさわりたい。ていうかこれ生殺しすぎるから、ちょっとだけさわらして」

下着に手を入れると、渋谷は思い出したように暴れた。性器を優しくなでただけで、上ずった声で「気持ち悪い」と言った。

「俺、勃たねえし。したくない」

「うん、ちょっとだけだから我慢して」

「無理だ。やめろよ。俺、できない」

「渋谷、お願い」

甘えると、渋谷は声を震わせて「駄目。もう駄目。無理だから許して」と泣き出した。

気の強い渋谷の弱々しい泣き声にびっくりして、性器から手を離した。抱きしめようとすると火が付いたように泣くので途方に暮れる。

俺はひたすら渋谷の頭をなでて、泣き声が治まるのを待った。渋谷はようやく顔を上げて、「あの、高井。俺もう少し、さわるから」と言った。

ぼろぼろに泣きながらそんなことを言われて、俺は泣きたくなった。

俺と渋谷が兄弟になった時、母親からセックスは禁止された。俺たちはいびつな兄弟で、恋人としてもいびつだった。だから、二十歳になるまでは禁止、と言われても仕方がないのかもしれない。

断れない相手にそういうことを強要するような最低な男に育てた覚えはないと言われて、初めて気づいた。渋谷は俺に嫌われたら、この家から出ていかなくちゃいけないと思ってるのかもしれない。それはひどく恐ろしい想像だった。

春の始まり

高井と再会したのは、久しぶりに登校した日だった。俺は黒く染めたばかりの髪が気になり、指先でいじりながら煙草を吸える場所を探して、校舎の裏を歩いていた。

朝一から体育。試験のある教科と違って体育と音楽は出席しないと進級できない。それは一年の時に学んだ。だから登校したはずなのだが、朝からの体育はとても気が重かった。

グラウンドからクラスメイトのサッカーをする声が聞こえてくる。体育館なら誰も来ないかと思い、煙草を取り出しながら歩いていると、曲がり角を曲がったところで女の声がした。

ぎょっとして足を止めたのは、煙草を見られる心配よりも担任教師の声だったからだ。

「どうしたの。セックスしたことないの？」

発情期の動物の声。それくらいには学校にそぐわない声だったので、思わず煙草を落としてしまった。声は保健室から聞こえてきた。校舎の隅にある保健室の裏は、ときどき煙草を吸いに来ることがあったが、もうここを通るのはやめよう。

「じゃあ先生が初めてなんだ。緊張しないでいいわよ。わたしが全部やってあげるから」

安いＡＶでもこんな誘い方はしないだろうと、嫌な汗が吹き出た。

「高井君だったら許してあげる」

高井といえば俺はひとりしか知らなかったので、つい顔を思い浮かべてしまった。高井は一年の時から目立つ存在だった。父親が有名な恋愛小説家で、母親がテレビのコメンテーターもしている弁護士だというのも目立つ一因で、サインを欲しがる生徒に囲まれているのを見たことがあった。

生徒会の副会長で、でも真面目とは程遠くて、天然と言われるくらいに馬鹿だ。

二年に進級したばかりのざわつく教室で、俺の後ろの席には誰もいなかった。教室で空いている席はそこだけで、教師が「高井はどうした？」と言った。知りませーん、とか、下駄箱のところで会わなかった？　とかいう情報が飛び交ったけれど、結局そのままになった。

新しい教科書だけが、空いている机の上に次々と積まれていた。

始業式の最中、三年生の列に高井がいる、とクラスメイトが騒ぎ出した。教師に引きずられて戻ってきた高井は、「どうりで知り合いが誰もいないと思ったー」と頭をかいていた。俺はその後のＨＲをサボったが、きっとその話で盛りあがったんだろう、高井は間違いなく学校一の馬鹿だった。馬鹿でも教師からは嫌われない、得な性格をしていた。

そして、運動部に属していないのに校外の練習試合に駆り出されるほどスポーツが得意な、健康優良児。その得意の体育の授業をさぼって、保健室で担任教師とＡＶまがいなことをするなんて、あまりに彼らしくない。

「先生」

かすれた声が聞こえた。保健室の窓にかけられた白いカーテンに人影が映った。頭と肩とおぼしき線が、カーテン越しにガラス窓に押しつけられる。ドン、と音がするくらいの勢いだったので、驚いて窓を見る。

「い……って」

聞いたことのある声だった。やっぱり高井だ。

「先生、やめ」

もごもごとあとが聞き取れないけど、女の声がそれにかぶさって「おとなしくしてなさい」と言った。

「あーくそ、力でねえ」

緊張感をぶちこわす声が合図になって俺はこぶしを窓に叩きつけた。

すごい音がした。ビリビリとするガラスの向こうで、人の気配が大きく動く。確かめるように、カーテン越しにてのひらがガラスに押し当てられて、それが拒否じゃないとわかったのでつい「高井！」と叫んでいた。

バタバタと、保健室から慌てて出ていく足音とともに窓が開いた。

窓の向こうはカーテンに区切られたベッドで、高井がぼんやりと俺を見つめ返していた。

「助かったー」

眉を下げてへらりと「やばいとこ見られちゃった」と笑った。

全然やばくない口調に思い切り冷めた目で見ると、高井はちょっと首をかしげて俺の視線の先に目を落とした。シャツのボタンもズボンのベルトも途中まで外されている。

「ボタン飛んでるじゃん。あーもう、今日来なきゃよかった。だりぃ」

倒れ込むようにベッドに横たわる。声は熱がこもっているように鼻にかかっていたし、息が白く見えた。

「熱、あるのか？」

「ああ、えっと、ただの風邪だし寝てれば大丈夫だから」

「保健医は？」

「出張だって。そいで先生がここまで付き添いしてくれてたんだけど」と、先程の出来事を思い出したのか目を泳がせた。

「助けてくれてありがとうな」

「助けたわけじゃねえし。学校でいちゃつくなよ」

いちゃついてたわけじゃなくて襲われてたと言えばいいのに、高井は小さくあははと笑うだけだった。言い返す力もないのかもしれない。ちらりと見ると、顔の上に腕をのせて息を吐いている。

俺は両手で窓枠をつかんでよじ登り、高井の身体を飛び越えてベッドの反対側に降りると、薬瓶の並んだ棚に近づいた。

適当に引き出しを開けると風邪薬があった。棚にしまわれたグラスを取り出すと小さな洗面台から水道水をそそいでベッドに近づいた。

「薬飲めば？」

高井はもう半分眠っていたのか、寝ぼけ眼《まなこ》で俺を見た。

あんなことがあったのに随分のんきだ。仕方ないので薬をグラスと一緒に渡してやる。高井は身体を起こして、それからおぼつかない手元で錠剤を取り出して飲み込んだ。

出ていこうとすると「あ、待って！」と呼び止められる。

「ごめん、もうちょっとここにいて」

「はあ⁉」

「や、ええと、先生戻ってくるかもしれないじゃん。俺寝ちゃうしおまえもいなくなったらまたふたりきりだし、怖いし」

思い切り顔をしかめたのに、高井は少しだけ目を輝かせている。熱で潤んでいるだけかもしれない。汗のせいか顔は上気してて赤いし、大きな声を出したからかさっきよりもさらに鼻声になっている。

同じ年の男でも少しだけ可哀想になる。さっきの「先生やめて」は俺も怯《おび》えたので気持ちはわからなくもないのが悔しい。でも高校生男子が怖いから一緒にいてって、ない。

起きてるのもつらそうなのに、高井はこちらをじっと見ている。捨て犬みたいだ。

雨に濡れた可哀想な捨て犬。そんなの大半に見捨てられてるはずなのに、人間だとびっくりするくらい哀れっぽくて、見捨てるのが悪いような気分になった。

こいつほんと苦労しない人生だろうなと思った。高井は俺が動かなかったから安心したのか、またにこっと笑ってベッドに横になった。

「なあ、名前なんて言うの？　二年？」

「……渋谷」

へえ、と高井がため息みたいに小さい声を出した。

「俺の前の席のやつも渋谷っていうんだよ。喧嘩早くてキレやすい金髪の不良だって。でも俺、同じクラスなのにしゃべったこともないんだけど」

違う、一日だけ会ったことあるよ。とは、みじめなので言わなかった。

「おまえと違うね。渋谷はすげえ優しい」

高井はまだぼんやりと話を続けようとしていたが、「寝たら？」と俺が言うと素直にまぶたを閉じた。

「俺、高井っていうの。ありがとー」

知ってるよ、と心の中でだけ返事をした。

クラスメイトが高井を見舞いに来るまで俺は保健室で高井を見守った。その間、男子高校生好きの女教師も怪我をした他の生徒も来なくて、校舎のはしっこの保健室はとても静かだった。

そのまま二ヶ月ぶりの教室に行くと、なんであいつ来てるのみたいな声がひそひそと聞こえ

てきた。刑務所じゃなかったの？　という声も聞こえてきたけれど気にせず席に着いた。

机に入れっぱなしだった教科書はそのままあったので、買い直す金のない俺は安堵《あんど》した。

俺に関する噂《うわさ》はひどい。喧嘩・恐喝・実の父親を殴った・刺し殺そうとした。当たっているのは最初と最後だけだけれど、それでも進学校といわれる学校に通う無害な高校生たちが俺を避ける理由にはなった。

空いている後ろの席を見て、春の初めの出来事を思い出した。

二年に進級した始業式の日、まだ俺の頭は金髪だった。家に帰ると親父は酔っ払って寝ていた。それはいつものことだったので、とばっちりをくらわないようにそっと財布だけを持って家から出た。

同じ学校の生徒と出会ったのはその夜だった。日が暮れたコンビニの前で高校生の集団とすれ違った。盛り上がってしゃべっていたそのうちのひとりが少しよろめいて、俺の肩にぶつかってきた。

びっくりしたのは俺よりも相手だった。同じ制服を着ている気やすさで俺を見て、それから金髪を見て、ついで消えろという気持ちを乗せたまなざしに気付いて顔色を変えた。

「あ、すいません」

肩を払うと謝罪を無視して通り過ぎようとした。ぱきんと足元でなにかが割れる音がした。

相手が「あっ」と悲鳴を上げた。

足の下の眼鏡はぶつかった相手のものだった。彼は俺を見た。たぶん俺がひょろりとしていて、自分には仲間もいると小ずるく判断したのだろう。このまま引っこんでは恥ずかしいとも思ったかもしれない。

彼が俺を突き飛ばそうとした時には、つい殴ってしまっていた。体育会系の体格のいい友人も、ほおを押さえてうずくまっている。ひとりは逃げて、ひとりは逃げそびれて悲鳴を上げた。胸倉をつかみ上げて反対の手で殴ろうとしたら、手首をつかまれた。背後に立った男が、俺の腕をひねり上げた。無理に動かすと肩の骨が外れそうに痛い。

「先輩たち何やってんですか」

胸倉をつかまれた相手は「あ」と哀れっぽい声を上げて、救いの女神にすがりついた。

「た、助けてくれ高井」

俺は、高井だ、と驚いた。今日、同じクラスになった高井は、俺にまったく気づいていなかった。高井は関節技を決めたのと同じようにするりと俺の腕を解放した。

「このひとになんかしたの？」

「見ればわかるだろ⁉　ちょっとぶつかっただけで因縁つけられたんだ」

先輩と呼ばれた男はきいきいと騒いだが、高井はちらりと俺を見て「でも四対一でしょ。どっちが悪いの？」と尋ねた。のんきな口調とは違って、意志の強そうな目をしていた。

「そいつに決まってんだろ！」

「先輩はちょっと黙ってて」

倒れている男の身体の下に腕を差し込んでひょいと起こす。

「先輩、どっちが悪いんですか？　……あ、気絶してた」

殴られた鼻を押さえていた男が、「あいつにぶつかって」と言うと、じゃあ先輩たちが悪いんですよね」と最後まで聞かずに断言した。

それから、すみませんでした、と俺に向かって頭を下げた。騒がしい先輩は目を白黒させていたが、俺は「おまえにぶつかられたわけじゃねえけど」と食い下がる。

「こっちがきっかけを作ったのは謝るけど、殴ったのはやりすぎじゃない？」

悪びれずちらりと俺の顔色を窺った。体格はいいけれど屈強というほどではないのに、威圧感を感じて居心地が悪い。高井が俺の見た目や態度にまったく怯んでいないせいだと気づいてさらに気分が悪くなる。

「許してもらえます？」

馬鹿じゃねえの、と呟いてブレザーから手を離した。その場を後にすると背後からは「話のわかるひとで良かったですね。先輩たちも俺を巻き込むの止めてくださいね。まじでむかつきます」とのんびりした説教が聞こえた。

彼らから離れてしばらく行ったところで、俺は止めていた息を吐いた。こんなところで高井に会うとは思っていなかった。

美人弁護士の母親と、俳優みたいと騒がれる小説家の父親がいると聞いていたから、本人もさぞかし美形なのだろうと思っていたけれど、初めて間近で見たら拍子抜けするくらいに普通の男の顔をしていた。

それなのに、急にあらわれたあの一瞬だけ、とても綺麗《きれい》だと思った。自分と同年代の男とは思えなかった。運動神経のよさそうな身体つきや、ふざけた話し方をしても相手を真っ直ぐに見る、動物みたいに黒目がちな瞳のせいだったのかもしれない。

あんなにタイミングのいいヒーローみたいな人間がいるんだな、と感心した。俺だったら絶対に、面倒ごとに自分から頭を突っ込んだりしない。

俺にまつわる噂の後半はその夜に起こる。

適当にコンビニで買い物をした俺が、古いアパートに戻ると父親が起きていた。目は覚めていたがアルコールがまだ抜けていないことは、部屋中の酒臭さで十分にわかった。

カップラーメンでも作るつもりだったのか、キッチンでやかんを火にかけていた。父親は日雇いのガテン系の仕事を繰り返していて、身長は俺よりもでかく横幅は倍くらいあった。日に焼けた首やたくましい腕の後ろ姿に玄関で引き返したくなるほど足がすくむ。

俺は父親にはあまり似ていなくて、どちらかといえば女顔だった。子どもの頃から行きつけの酒屋の店主には、いなくなった母親に似ていると言われていた。

手のかかる幼児を置いて逃げた妻に似ているのに、父親に可愛がられるわけもない。それは子どもの頃から身に染みていた。つまらない喧嘩のせいで予定より早く帰ってきてしまったことを悔やんだ。

父親は振り返って俺を見た。案の定、顔は赤黒く目は獰猛《どうもう》だった。ろくなことにならない。覚悟して部屋に入った。

前触れなく背中を蹴られた。破れた畳に倒れ込んだ時にくちの中が切れた。いつもの癖で歯を食いしばったせいだ。俺はもう小さな子どもではないので殴り返せたはずなのに、身体がすくんでなにもできなかった。

畳に丸まってその時間が終わるのを待った。

首に両手がかかった時には殺されると怯えた。でもいつも殺されると思っても、気がつくと目が覚めてまだ死んでなかったと驚く。だから我慢して息苦しさに耐えた。

目を閉じれば畳も薄汚れた壁も恐ろしい父親もすべてが見えなくなって、なかったことになるような気がした。

「おまえが出て行くなんて言うから悪いんだ」

両手がゆるんだ隙にゲホゲホと息を吸い込んで、内臓をかばうようにさらに丸まった。

「出て行くなんて、俺から逃げようなんてするから」

ワイシャツの襟もとを後ろから引っ張られ、ふたたび馬乗りになられる。こぶしで顔を殴られたので、まぶたの裏がまたたいた。

「逃げようとするから、だから、おまえなんか死んで償え」

母親がまだこの部屋で我慢していたら、同じことを彼女にしたのだろうか。だったら、彼女は逃げて正解だった。

死と聞いて反射的に身体が逃げ出した。父親はよろめきながらシンクに手をついた俺の髪をつかんで、やかんのお湯をかけた。とっさに両手で顔をかばったけれど、沸騰したお湯が片目に入って、俺は叫んでその場にうずくまった。あふれた涙すら熱いと感じた。

その日はなんの前触れもなかったけれど、それまでの積み重ねの日でもあった。ぶわりと胸の奥からわいた感情は火山の爆発のように手に負えなくて、やかんをさわったてのひらを押えて悪態をついている父親の腹に、さびた包丁を突き立てた。

死ぬのが本当に怖かった。殴られ続けるよりもずっと怖い。どこかで俺が父親に対して、反抗していたら違ったかもしれない。だけど物心ついた時から殴られるのが当たり前で、耐えることが当たり前だった存在に、殴り返すことができなかった。

騒ぎを聞きつけた隣家の住人が救急車を手配した。俺は部屋の隅でうずくまって、父親が血を流すのをじっと見ていた。

父親の怪我は命に別状はなく、傷の手当てを受けるあいだも俺を殺すと騒いでいたそうだ。

俺の火傷とそれまでに父親から受けた傷跡を見た警察が、世話してくれる人を探してくれた。

結局、親戚と名のつくものはみな、俺や父親との関わりを拒否した。児童相談所で入所できる施設を検討されたが、遠方のため警察の聴取が終わるまでは別のところに預けられることとなった。以前、児童相談所の所長をしていたというじいさんの家だった。

じいさんは古い一軒家にひとりで住み、初対面から気難しい顔をしていた。

高齢とは思えないほど体格もよく背筋をぴんと伸ばして歩く。児童相談所で働く前は体育教師だったと話した。

俺のしたことについては説明を受けていたようで、何も聞かなかった。

とにかく生きていきたいなら働けと言われた。残念ながら俺に家事の才能がないことに気づくと、強引に金髪を黒に染めなおさせて、近所の農園で野菜の出荷の手伝いをするように言った。

そこは年老いた夫婦が営む農園で、じいさんの知り合いらしかった。早朝はそこで働き朝食を食べさせてもらい、学校に行けと追い出される。

せめて自分の家にいる間は学校には通え、高校くらい卒業してないと働き口も難しいだろと当たり前のように言われた。高校を卒業するまで、一緒にいるつもりなのかとは、どうしても聞き返せなかった。

学校が終わるとまた手伝いに戻り、夕飯をごちそうになってからじいさんの家へと帰る。毎日がその繰り返しだ。

俺が早い時期に学校に出てきたので、事情を知る教師もどう対処していいかをはかりかねていた。

もともと出席日数も態度もよくない生徒で、高井のあんな現場に出くわさなかったら、俺は授業に出ようなんて思わなかったかもしれない。

あれから高井は風邪をこじらせ寝込んで、二日間学校を休んだ。その二日とも俺は学校に来て、後ろの席が空いているのを見て、少しだけなにかを期待していたことに気づいた。

高井が俺を見て、親しげに話しかけてくれるという期待。俺が一方的に知っていただけなのに、彼を唯一この学校での知り合いだと、勝手に思い込んでいる自分が恥ずかしかった。

三日ぶりに高井が登校した日、高井は教室で俺を見て少しだけ目を丸くした。クラスメイトに囲まれて、風邪は大丈夫だったかとか不良が登校してきてさ、とかいう話を適当にいなして席に着いた。

俺の後ろの席。

「なにこれ、渋谷じゃん」

高井が静かに笑っているのが聞こえて、本当にそれは俺の想像通りの親しみを込めていて。振り返ることができないくらい背筋がぞわぞわと粟立《あわだ》った。

耳まで赤くなっているんじゃないかと不安に思うくらいに、頭に血が上ってめまいがした。聞こえないふりを装って窓の外を見ているふりをするのが俺にできる唯一のことだった。

だから背中にぺたんとてのひらが押し付けられた時、近くの席のクラスメイトよりも俺のほうがよっぽど驚いた。

「渋谷」

あたたかい声で名前を呼ばれた。俺は振り返らなくちゃいけないんだろうか。でもそんなのは無理だった。

「渋谷、昼飯は外に行こ。なんか奢《おご》るよ」

この間のお礼に、と高井は言った。秘密の話をする時のように小さかったので、騒がしい教室では俺にしか聞こえなかっただろう。でも俺にはそこだけ切り取ったように大きく聞こえた。

無視している俺を気にせず、高井は背中のてのひらをどけようともしない。逃げ出したくなっている俺をその場にとどめておくかのようだった。

「それかさ、放課後どっか行く？　デートみたいになっちゃうけど」

なんなんだろうこの男の気安さは。女だったら間違いなく勘違いするようなことを、どの面下げて言ってるんだ。

「バカじゃねえの」

教室でしゃべったのは久しぶりだった。思ったよりも大きな声が出ていたのか、俺のまわりの話し声は一瞬で静まった。

「おまえなんか知らねえよ」

高井がきょとんとした顔で俺を見た。席を立って教室を出た。入れ違いに教師が入ってきて、肩がぶつかると彼の持っていた教科書がバラバラと落ちてしまった。

その日は教室に戻ることもできず、体育倉庫でただただ煙草を吸うくらいしかできることはなかった。

翌日、何事もなかったかのように席に座っていた俺の前に、高井は何事もなかったかのような顔で立った。

「いっぱい買っちゃったからやるよ」とメロンパンを置いた。

高井を睨んだが全然こたえた様子はない。

「いらねえ」

「でも渋谷まだ昼飯食べてないだろ。俺もう食べちゃったから」

突き返そうと思ったが、昨日言ってた「お礼」がこれなのかもしれない。それなら、パンを受けとれば高井の気も晴れて絡まれることもないだろう。それが最後になると思っていた。

凪《な》いだ日なのに屋上は少しだけ風が強かった。あおむけで煙草を吸っていると、小さな灰が顔にかかる。

それにしても腹が減った。朝、ばあさんに持たせてもらったおにぎりはとっくになくなっていた。丸くて海苔が器用に全体的に巻かれていて、なぜかカラ揚げが具としてつつまれている、コンビニのおにぎりとは似ても似つかないおにぎりだった。

アルミホイルに巻かれてふたつ。今までなら十分な量なのに、なんだか最近はひどく腹が減る。

食事のかわりに煙草を与えられたのは小学生の時だった。そのせいか腹が減ったら煙草を吸っていれば、空腹感がまぎれた。煙草を買ったせいでもう小銭くらいしかない。やっぱり他のやつらからも財布を取っておけばよかったと、体育倉庫の裏で倒れていた上級生を思い浮かべる。

絡んできた相手から金を取ることも万引きも、じいさんはしてはいけないという。どうしてなのかわからない。金がなかったら腹も減るし、生きていけない。おでんを思い浮かべるとますます腹が減ってきて匂いまでしだした。

「渋谷、おでん食う?」

高井がでかいプラスチックの容器をふたつ持って近づいてきた。片手にコンビニの袋もぶら下げている。俺はぼんやりとそれを横目で見て、それから視線を元に戻した。

「こっちは大根とがんもとはんぺんで、こっちはたまごと餅巾着入ってるけど、どっちにする?」

「いらねえ」

「じゃあこっちな。食べたいものあったら取り替えてやるよ」

人の返事を聞かない男は、トンと俺の横に容器を置いて、さらにその横に当たり前みたいに座った。

「うわっ、床汚いな。渋谷もそんなとこ寝転がっていたら制服ほこりだらけになるぞ」

なにがおかしいのか笑いながらそう言う。

「眠いからあっち行け」

「腹減ってるくせに。渋谷、腹減ると煙草吸ってるもんな」

ぱちんと割り箸を割って食べ始める。

俺は高井とふたりきりが苦手だ。いつも休み時間になると高井は色々なところに呼ばれて教室からいなくなる。それは生徒会室だったり、校庭で運動部の連中とバカ騒ぎしていたり、クラスメイトと学校を抜け出してラーメンを食べに行ったり、戻ってきて教師から怒られたり、を繰り返す。

近頃はそれに、昼休みに俺の後をつけるという新しい遊びが加わったらしい。

メロンパンを受け取った次の日、また高井がパンの袋を俺の机の上に置いた。俺はその時、席にはいなくて教室に戻ってきたらそれがあった。チョココロネと焼きそばパンは購買で人気だ。ふたつともつかんで後ろの席に置く。高井が席にいないせいで文句も言えない。

なにもかもバカらしくなって、その日は早々に学校から帰ってしまうと、案の定じいさんに怒られた。

その夜、高井はコンビニの袋をぶら下げて、じいさんの家にやって来た。俺は玄関口で高井と向き合って、なにを言っていいのかもわからずうろたえた。

「渋谷、これ忘れ物」

恐ろしいほど爽やかに笑ってコンビニの袋を差し出した。じいさんは固まっている俺のかわりにそれを受け取り、家に上がっていけとすすめた。

高井は遅くなってしまったから帰りますと笑顔をじいさんに向けた。それから「渋谷のおじいさんじゃないんですよね。俺、渋谷のクラスメイトで、渋谷の引っ越し先を学校で聞いてきたんですけど。確か、所長さん？」と尋ねた。

「所長はとっくに引退した。今はもうただのじじいだ」

じいさんは児童相談所の所長をしていた縁で俺を預かっているだけだと説明した。高井は人懐っこく「渋谷を守ってるなら、引退できてないじゃないっすか」と言った。

高井はにこやかにじいさんと話し続け、親しみを込めた口調で「所長」と呼び出した。

俺はくちを挟むことすらできずに呆然としていたけれど、急に我に返って、高井を玄関から押し出した。

「渋谷、担任に聞いたら、なんか色々大変だったんだな」

「え、担任って。おまえ大丈夫なのか」

女教師の姿がよぎってつい聞いてしまうと。高井は一瞬だけ笑うのをやめて、それからゆっくりと嬉しそうに笑った。

「はは、やっぱり渋谷じゃん。おまえあんまり冷たいから、俺また間違えたのかと思ったよ。

渋谷しらんぷりうまいな」

　おまえのが上手いよと思う。でも今度は声には出なかった。

　高井は「また明日な」と笑顔で帰った。家の中に戻るとじいさんに「学校の友達か」と聞かれたけれどなにも答えられなかった。じいさんに渡された袋には、焼きそばパンとチョココロネが入っていた。


「大根好き?」

　ぼんやりしていたら、くちびるがひらいていたせいで対処が遅れた。半分になった大根が突っ込まれる。つい飲み込んでしまう。

「コンビニのおでんって種類多いよな。なんにしようかすげえ迷った。渋谷はどれが好き?」

「高井」

「ん?」

「これ、もらうから。そしたらもうお礼とかいらねえから。あんまり俺のこと構うなよ」

「なんで?」

　はふはふしながら、悩みのなさそうな顔で高井が答えた。

「おまえのことが嫌いだから」

　さすがに手は止まった。

それから高井はなにか言おうとして、やっぱりまたおでんに顔を戻して食べだす。少し難しい顔をしているように見えるから、怒っているのかもしれない。

俺は高井のことをあまりよく知らないからその横顔からはわからない。高井がしゃべらないと俺たちには会話なんてないので、屋上は人がいないかのように静かになった。

こいつは、嫌いなんて人に言われたことがないのだろうかと思った。好きだとばかり言われてた男が、嫌いと言われたら、それが変わり者のクラスメイトでも少しは傷ついたりするんだろうか。

「渋谷」

おでんを食べ終わった高井は、容器を持って立ち上がった。これで、高井が俺のことを嫌いだと言ってくれれば、俺は高井のやることに喜んだり期待したりしなくていい。

なにもなかったことになるんだと思うと、少しだけ心が落ち着いた。

「なんか俺、どきどきしてる」

「は？」

あまりに予想外の台詞《せりふ》に思わず見上げてしまった。

「渋谷の嫌いって、好きだって言ってるみたいに聞こえる」

「……は⁉」

「やべえ。どきどきしてきた」

高井はそう言って制服の上から心臓を押さえる。本当に嬉しそうな顔で見下ろされて、なにが起こっているのかよくわからなかった。じいさんちの玄関に高井が立っていた時よりも混乱する。

「おまえ、バカじゃねえの？」

「え、なんで？」

俺の声は震えていたけれど、高井の返事はその日の空のように澄み切っていて明るかった。

夏休みも目前になった頃、じいさんが暑さにやられて病院に行った。高齢のためついでに検査しておくよう医者にすすめられ、心臓がだいぶ弱っていることがわかった。

そういえば俺を引き取ってくれた時から二ヶ月程しか経っていないのに、痩せたなとは思っていた。

じいさんは検査入院をすることになった。近くに娘夫婦が住んでいるらしいが、疎遠になっているので連絡は取るなと言われて、俺はひとりで留守を守ることになった。貴重品や通帳まで預けられる。もしものことがあったら、という意味なのかと思ったけれど真意は聞けなかった。

金も必要だし、じいさんが居ないので学校に行く必要もなくなった俺は数駅先にある古びた喫茶店でバイトをすることにした。繁華街の一本奥の雑居ビルの一階なので、マックやファミレスと違って高校生の客なんてまったくいない。

誰かに知られることもなさそうだ。適当なコーヒーを入れる店ではあったけれど、風俗街で働いているとおぼしき客がぽつぽつとやってきて、それなりに店は繁盛していた。

店が暇になる夕方でバイトは終わるのだが、その日は珍しく客が多くて帰りが遅くなった。蒸し暑い繁華街を抜けようとした時、くぐもった悲鳴が聞こえてきた。

ゴミ箱の並ぶ路地裏で男女がもみ合っていた。面倒ごとに関わるのが嫌で目をそらしたけれど、数歩行ったところで足が重くなって、結局は路地に戻った。

男が馬乗りになって女を殴っていた。殴りながら服を破き、暗がりでも女の肌があらわになっているのがわかった。

雷が聞こえた気がした。男は俺が近づいてくるのに気がつかなかったので、突然こめかみを蹴られて派手に横倒しになった。

ゴミ箱に頭を突っ込んで、それからなにが起きたかわからないという顔で俺を見上げた。今度は腹を蹴ると、胃液を吐いて身体を折った。

そのまま死んでしまえばいいと、ぐらぐら煮え立つような思いで男を見下ろした。

「待って！　もういいから、やめて」

倒れていた女が慌てたように叫んで、腹を押さえていた男はその隙に俺の前から逃げだした。

ありがとう、といった女は三十歳くらいのようだった。長い髪は乱れて、ほおは少し赤くなっている。

フリルのついたブラウスのボタンは飛んで無くなっていたが、片手でそれを押さえて起き上がろうとした。

じっとその動作を見守っていたら、急に吐き気がこみあげてきて、俺はその場にうずくまり吐いてしまった。彼女はギョッとしてしばらく俺の様子を窺っていたが、膝をついて背中をさすってくれた。

「あなた大丈夫？　あいつに殴られたの？」

首を横に振ると、アルコールを飲んでいるのかと聞かれた。このところ、ろくに夕食も食べていなかったから気持ち悪くなっただけだと適当に答えた。

女はお礼だと言って一枚の新札を出した。

「ごめんね。さっきの、前に付き合ってた男なの。別れたあとも金がなくなるとしつこくって。これでなにか買ってちゃんと食べてね」

最後の台詞が母親のようで少しおかしかった。

俺があの男を殴ったのは、彼女を助けるためじゃない。だからそれを辞退して、大丈夫だからここから立ち去ってほしいと告げた。しかし女は困った顔をして、近くに自分の店があるから休んで行きなさいと言った。

「わたしが言うのもなんだけどね、こんな路地にひとりで座ってたらガラの悪いのにからまれるわよ。可愛い顔してるんだから気をつけなきゃ」

そう言って、俺はひきずられるように店まで連れていかれた。

正直、気分は悪いままだったので、すぐ電車に乗るのはつらく、ありがたかった。開店前の薄暗いバーの奥にあるスタッフルームのソファを貸してもらう。

「ねえそれ本当に貧血？　持病があるなら病院に行ったら？　近くに小さいけど内科があるわよ」

店のオーナーだという女は、開店の準備が終わるとスタッフルームに顔を出してそう言った。殴られたほおの赤みは化粧できれいに隠されていた。血が飛んでいた服も着替えていて、ついさっきのことなどなにもなかったかのように見える。

それに少しほっとした。差し出されたコップの水を飲む。いくぶん体調も良くなっていた。

「どうも。俺もう帰ります」

「え、まだ顔色悪いわよ。ゆっくりしてけばいいじゃない」

立ち上がると、あ、待ってと女に肩をつかまれた。ふわりと漂った香水のかおりで、俺は嫌悪感がわきあがってきて、思いきりその手を払いのけた。

きゃ、と女は目をつむった。それを見て俺は、暴力を受けなれてる人間の反応だ、と頭の隅で思った。俺にも殴られると思ったのだろう。ほんの少しだけ、彼女に同情した。

急いでバーの扉を出ると、地上へ続く階段を上がる。

ふと、途中で人の気配を感じて顔をあげた。細い通路の出口に、街灯に照らされて先ほどの男が背中をむけて立っているのが見えた。

少し考えて、それから階段を降りて店に入った。女は目を丸くして俺を見て、どうしたの、と聞いた。

「あいつ、上に来てる」

彼女はため息をついた。

「じゃあ裏から出て行って。さっきのスタッフルームの先にもうひとつ階段があるから。迷惑かけちゃってほんとに悪かったわね」

「あいつ、俺が出てったって知ったらまたあんたの前に来るよ。きっとまた殴られる」

「仕方ないわ」

このバカ女。殴られるのが仕方ないとそんな風に諦めてしまっていて、それで殺されたらどうするんだ。女に腹が立つのかおせっかいな自分に腹が立っているのかわからない。

「もう少しここにいる」

そう言うと、女は目を丸くした。

「君かっこいいね」と目を細めて笑った。

「さっきもかっこいいって思ったけど。ドラマみたいにタイミング良く男の子が現れて、しかもすごく強かったし。高校生？　女の子にもてるでしょ」

俺は無視してちょっと目をそらすと、女は不思議そうに首をかしげた。それからカウンターの向こうにまわって、簡単なもの作るから食べていってと言った。

俺は黒く光るスツールに腰かけた。冷蔵庫から生ハムを取り出しているのが見える。

「家はどこ？　遅くなること連絡しなくても大丈夫？」

「ひとり暮らし」

「あれ、高校生じゃなかったんだ。ふうん、じゃあビールでも飲む？」

断ると、遠慮しないでいいからと女は楽しそうに言った。サンドイッチとビールというよくわからない組み合わせが用意される。すきっ腹にビールはまずかったようで、少しくらくらした。

店のドアが開いたので、俺はとっさにそちらを向く。しかし先ほどの男ではなく、サラリーマンとおぼしきスーツの男が女性を連れて入ってきた。

女に話しかけているのをみるとよく来る客のようで、カウンターの隅で息を吐いた。

いつだったか正確には思い出せないけれど、たぶんまだ低学年の頃。目を覚ますと俺の上に女が乗っていたことがあった。

父親が家に女を呼ぶことは多かったので、そのうちの誰かだったのだろう。騒いだら叩くわよと言った女は、香水の匂いが強かった。きっと酔っていたんだろう、女は俺の性器をさわって笑った。興奮していたのか吐く息は荒く、部屋の中は酒くさかった。

父親の連れてくる女にはいい扱いをされたことはなかったけれど、声も出ないほど恐ろしい思いをしたのはあれが初めてだった。女は狂ったように笑い、子どもだった俺を押さえつけて、「あんたの子ども生んでやろうか」と言った。

路地で男に組み敷かれている女を見た時、香水のせいだろうか、それとも女のはだけた格好のせいだったのだろうか。単純に、犯されている姿が恐ろしかった。

女とか男とか関係なく、性的なものを見て興奮することがなかった。まわりが騒ぐようにエロ本にも裸の女にも興味がなかったし、無理やり見せられたAVでも勃起どころかその場に吐いた。それで自慰もしたことがなかった。

あらためて考えると、たぶん自分はどこかおかしいのだろう。でもこれから先ひとりで生きていくのに、なんの不自由もない。そう考えたら少し笑えた。

生きる意味ってどこにあるのだろう。

「寝ちゃった？」

背中を叩かれて、それで俺はうとうとしていたことに気づいた。

「今帰らないと終電なくなるよ。それともうちに泊まっていく？」

女が心配そうな目をして見ていた。ビールは抜けていたけれど、眠気で足元がふらついた。目をこする。

「ね、よかったらここで働かない？」

眠くて「は？」と険しい声を出してしまった。

「ボディガードっていうの？　別になにかしてくれなくてもいいの、今日みたいにお店に来てくれれば。君が通ってくるのがわかったら、あいつもそのうち諦めると思う。もともと自分より弱いやつにしかいばれない気の弱い男だから」

「警察に言えば？」

「なんにもしてくれないわよ。ね、バイトってことでどう？」

女が客に呼び止められたので、俺はその間に帰ることにした。ドアを閉める時に「明日待ってるね」というのが聞こえた。

約束したわけではない。階段を上がると、さすがにあの男はいなくなっていた。十二時をまわって、暑さは少しだけおさまっていた。

それから、俺は喫茶店のバイトをあがるとバーでふたつ目のバイトをすることになった。

家に帰ってもじいさんもいないので、やることがなかったせいだ。バーのオーナーは多恵《たえ》と名乗った。元彼氏が店まで入ってくることはなく、用心棒なんていってもやることもないので、俺はウェイターの真似ごとをすることになった。

カクテルのレシピなんかを多恵は楽しそうに教えてくれた。バーの閉店は早朝だったが、朝には農園に行かなくてはいけなかったので、俺のバイトは終電までにしてもらった。

そうして、バイトに明け暮れる日々になった。家には寝に帰るだけだったので、だから終電で家に帰ったある夜、家の前に高井がいたので驚いた。

「おかえりー」

「なにしてんのおまえ」

「渋谷が帰ってくるの待ってたら終電なくなっちゃってさ。泊めてくれねえ？」

「嫌だ」

立てつけの悪い引き戸を開けて家に入ると、高井は俺の返事など聞かなかったかのように後をついてきた。

断っても泊まる気なら聞かなきゃいいのに。

客用の布団なんてないので、じいさんの部屋から掛け布団だけを持ってきて高井に渡した。

適当に敷いて寝ろと床を指すと、高井は俺の布団の横にそれを置いて、汗をかいたからシャワーを浴びたいと言い出す。

「勝手に使えば。タオルとか脱衣所にあるから」

「なあ着替えも貸してよ」

もう怒る気力もなくて高井に服を投げつけると、そのまま布団に倒れこんだ。あれ洗ったっけと思うけれど、正直もうどうでもいい。汗がじっとりしていて気持ちが悪かったし、俺のほうが風呂に入りたかった。

扇風機のスイッチに指を伸ばす。届かなくてイライラしていると、カチリと音がして涼しい風が髪を揺らした。

高井がスイッチを入れたようだ。遠ざかっていくぎしぎしという足音で、風呂場に向かったのだとわかった。


蒸し暑い夜。父親は野球中継を観ていて、背後から実況がやかましく聞こえている。俺は台所でラーメンを煮込んでいて、その湯気のせいで余計に暑いなと思っていた。

タンクトップの襟元に指をかけて風が入るようにぱたぱたとあおぐ。

コンロの火を止めた時、背後から髪をつかまれ、そのまま引きずられた。父親は風呂場まで俺を連れて行くと、カビのはえた床に叩きつけて冷たいシャワーを浴びせかけた。

それは徐々に熱い湯にかわる。まだシャワーの高さに手が届かなかった頃から、水蒸気とお湯でサウナみたいになった風呂場に閉じ込められることがあった。

俺にはわからない理由で、父親はよくこういうことをした。ひいきの球団が負けているとか、そんな理由だった。

床に倒れ込んでいると、濡れたタンクトップの背中が持ち上げられる。

ぐいっと向きを変えさせられて、父親の怒りがいつもと違うということに気づいた時、水を張った浴槽に頭を突っ込まれた。水の中であえいだ。後頭部を押さえつけた大きな手は、なかなか解放してくれなくて、鼻からもくちからも水が入り込んだ。

足が痙攣《けいれん》し出すと、ようやく水から引き上げられた。激しくせき込んでいると、父親の声が聞こえた。

「やりすごせば終わるなんて甘いこと考えるなよ。死ぬまでやってやる」

それが苛立ちよりも楽しさを含んでいるように聞こえて、流れていた涙も止まった。ゆるして、という懇願さえできないほど、のどの奥がわなないていた。もう一度、頭をもちあげられた時、息を吸い込むのさえ忘れて、ただ暗い水面に押し込められるのを震えて待っていた。


渋谷、と聞いたことのある声で呼ばれた。聞いたことがあったはずだけれど誰の声かわからなかった。

「渋谷！　ほら起きて、大丈夫だよ」

身体中が濡れていた。全身にかいた汗はしたたるほどで、それなのに震えるほど寒い。

「大丈夫だよ、夢だから。な、もう怖がらなくていいよ」

げほっとむせたら、のどの奥の水があふれ出してくるようで、さらにえずいた。まだ水の中にいるようで息がうまくできない。俺は狭い風呂場に取り残されている。

背中にまわされたてのひらはなでているだけだったが、吐き気が込みあげてきて、身体をよじってその腕を振り払った。布団の上に身体を起こす。

「あ」

動くと両足が濡れているのがわかった。こんなことをして、父親に知られたらまた怒られる。いくつになってもおねしょをして、それで父親に怒る機会を与えていたのは俺だった。

ひっ、としゃくりあげたら、ぼろぼろと新しい涙がこぼれてきた。

「や」

「渋谷」

「ごめ、なさい。おれ、しちゃって」

「ん、なんでもないから。泣かなくていいよ。気持ち悪い？」

じっと身を固くして怒られるのを待っていたのに、窺うように伸ばされた指が髪をなでる。温かい胸に顔を押しつけたら涙が止まらなくなってすがりついた。ごめんなさいと謝って、抱きしめてもらえるのは初めてだった。

何度も謝りながらぐずぐずと泣いて、背中をさするてのひらが気持ち良くなるまでずっとそうしていた。その手は汗をびしょびしょにかいて嫌なにおいまでしている子どもにも優しかった。

「渋谷、軽いな」

身体が揺れるたびにぎしぎしと音がする。カラリと、ガラスのドアを開けて中に入る気配がした。

「な、ちょっとだけ起きて自分で脱いで？　俺がしたら後で絶対に怒るだろ」とタイルの上に下ろされた。息をうまく吐けない。

あたたかいお湯が足元を浸す。逃げ出したかったのにすがりついてガクガク震えるしかできなかった。

「渋谷？」

「やだ、嫌だ」

「え？」

「いや！　もうやだ！　やだあ」

驚いたようにぎゅっと抱きしめられた。

「どうした？」

「ふ、あ、こわい」

歯の根が噛み合わなくなっている俺に、ぴったり身体をあわせて背中を抱きしめた。お湯をさけるように足の指が縮こまる。

「ん？　シャワー浴びるのが嫌なの？」

「も、やだ。こわい」

「怖くないよ。おまえ汗かいてるから全部洗っちゃおうか」

シャツのボタンを外される間、壊れたようにぎゃあぎゃあ泣いた。シャワーで汗やぐしゃぐしゃになった顔をぬぐわれ、ついでのように髪を洗われると、今度は声も出なくなった。

頭からバスタオルをかけられて、腰の後ろを片腕で支えられた。下着ごとワークパンツを脱がされた頃には、泣きつかれて暴れることもできずにしゃくりあげた。高井は俺の太ももの内側の傷にさわった。

「おまえ傷ばっかりだね。これ痛い？」

「たかい」

「渋谷起きた？」

耳もとで囁かれる。顔を上げようと思ったのに痺《しび》れたように力が入らなかった。近づいてきたくちびるがそっとふれる。

「こういうのやばいな。なんか新しい世界に目覚めそう」

面白がっている声に、ぱちんとまばたきで返事をした。擦りガラス越しの風景みたいに不透明ににじんでみえる。

「渋谷とろんとしてる。子どもみたいだ」

優しく笑った気配がした。首筋のとくとくという音を聞くと少しだけ安心できた。

「起きなかったら俺が身体拭くよ？　なあ、おまえ後で怒るんだから起きてよ」

言われた言葉が意味をなさなくなって力が抜けた。

目が痛くて起きるのがつらかった。時計を見ると朝の収穫はとっくに終わっている時間だった。ぼおっと時計を見ていると紺のジャージ姿の高井が帰ってきた。袖をまくった腕に段ボールを抱えている。

「あ、起きた？　これ渋谷のかわりに手伝ってきたら、ばあちゃんたちが持って帰れってさ。うまそうだからトマト食おうよ」

笑顔でそう言われると、夏の暑さも手伝って、どうでもいいような気持ちになった。

高井は冷蔵庫に何もないと、いっそ感心したように叫んだ。それからちゃぶ台を出して、いつの間に買ったのか、コンビニのサンドイッチだのコーヒー牛乳のパックだのを広げた。どこから出したのか、小さめの皿にあふれんばかりにカットしたトマトが積み上げられている。

俺の布団は見当たらなかった。高井に尋ねると、布団も丸洗いできるコインランドリーに押し込んできたから、あとで取りに行こうと言われた。

「ベーグルサンド食ってもいい？」

全部おまえのだろ、と思ったけれど、いいと答える。

残っていた卵サンドは旨かった。つまらないワイドショーを一緒に観て、脱衣所に山と積まれていた洗濯ものを片づけて、布団を取りに行った。

部屋中に干された洗濯ものに顔をしかめる。

居場所が無くなって、バイトには早いけれど家を出た。ついてくるという高井を駅においてきたはずが、バーに着くと高井が現れて、あとつけちゃった、と悪びれずに言った。

その日は物珍し気にバーを見回って、「借りたジャージ、学校で返すから明日はちゃんと来いよ」と言って、笑いながら帰った。

翌日は夏休み前の最後の日で、呆《あき》れたことに高井は来ていなかった。高井の友人らしき生徒に声をかけると、寝坊して遅刻しただけだろうという返事が返ってきた。

馬鹿らしくなって帰ろうとすると、さっき声をかけた生徒が立ち話ししているのが聞こえた。高井がなんで俺みたいなのと関わるのか不思議だと言い、話し相手は理由を知っていると答えていた。生徒会長が俺のことを調べるように高井に頼んだからだろうと言った。

俺には同じ高校の生徒をかつあげしているという噂がある。証拠をつかんで生徒会長に密告する。すると俺は退学になるだろう。

なるほど、それなら筋が通る。意味もなくニコニコと近づいてくるほうがよほど不気味だった。ひょっとして、高井が俺のかつあげの証拠をつかもうとしている話は、みんなが知っていることなのかもしれなかった。

それなのに、俺だけは高井がしつこくまとわりついてくるのは好意からだと思っていた。恥ずかしくて逃げるようにその場から立ち去った。

夏休みに入ると、高井は学校にいる時と同じようにしょっちゅうバーに来るようになった。

なんで毎日来るんだよと尋ねたら、「渋谷のこと知りたいから？」と、本人すら疑っているような疑問符つきで答えた。

俺にかまう理由を知っていると言えば、二度と近づかなくなるだろうと思ったけれど、問い詰めることができなかった。友達のように笑いかけられると変な期待をしてしまいそうで胸が苦しくなった。

だから、高井が生徒会の仲間と連れ立って帰るのを待ち伏せた。

夏休みの合間の登校日、俺は学校には行かなかったけれど高井が帰る時間を見計らって、縁を切るにはちょうどいい機会を作り出した。

俺の足元には多恵に付きまとっていた男が倒れている。散々、殴ったので男の意識はなかった。高井は目を丸くして、生徒会長も怯えた顔で俺を見た。

吸っていた煙草を男の上に投げ捨てた。服を漁《あさ》って財布を取り出すと、自分のポケットにしまってその場から立ち去った。これで全部が終わってくれるなら簡単なことだった。


じいさんの入院は検査だけのはずなのに長引いていた。見舞いに行くと、新学期には退院するから心配するなと言われた。

病院の飯はまずくてかなわんと愚痴るじいさんに、農園でもらったメロンを備え付けのナイフで切って差し出す。

俺もひとつくちに入れた。病室は消毒液の匂いと体臭が漂っていて何を食べても美味しくはない。

また痩せたじいさんに「痩せたか」と聞かれる。食事も掃除もちゃんとしているのか聞かれたけれど、暑くてだるいからやりたくないと正直に答えたら頭を叩かれた。

「俺、学校辞めて働くよ。もともと俺なんかが高校行ってるのがおかしかったし」

「子どもがくだらんことを言うな」

じいさんはメロンを飲み込むと、ぎろりと睨んだ。

「学校に行きたくても行けないやつもいる。おまえは勉強ができて奨学金ももらえている。恵まれているんだ」

「それが俺を助けてくれたことなんかない。親父と住んでた時は学校が逃げ場所だった。今はもうそんな場所がなくても大丈夫だ。どうせあんなところじゃ何も学べない。金もねえのに通うとこじゃないよ」

じいさんはため息をつく。

「学校に通わず何をするつもりだ。やりたいこともなく落ちこぼれていくつもりか」

「施設に入る。じいさんも俺がいなくなったら意地張ってないで子どもに見舞いに来てもらえよ？」

少しの間じいさんはぽかんとした。

「綺麗事を言ってどうする。なんだ、女と喧嘩でもしたのか?」

「女なんかいねえよ」

「じゃあ学校の友達か? ガキじゃないんだから友達と喧嘩したくれえで学校に行きたくないなんて我が儘《まま》言うな」

「友達なんかいねえよ。誰かと一緒にいるのめんどくせえし」

「一年も通って友達のひとりもいないのか。情けないやつだな。青臭いことを言うが、ひとりくらいは自分をわかってくれる人間を作れ。それまでは俺が面倒みてやるから、つまらないことを考えていないで学校へ行け。宿題は終わったのか? 聞かれても俺はわからないぞ」

「あてにしてねえよ」と俺は笑って、また小突かれた。

あの時の生徒会長が夏休みの間に教師に訴え出ていたら、学校にもう俺の居場所はない。行ったとしても、すぐに退学になったら、じいさんは許してくれるだろうか。

それも、もうどうでもいいのかもしれない。

警察にはあの夜に俺が父親にしたことや、今まで俺が父親にされたことを話していた。父親の傷が浅かったこともあって、書類上の処理で片がつくという。

児童養護施設に入って里親を探すか、十八になったら自立の道を見つけるということで話がついていた。

自分が働くことができるということもわかった。じいさんは善人だし感謝もしている。けれどいつか離れるのなら、執着するのは意味がなかった。

俺の人生で唯一、それが意味のあるものだったのは、父親との関係なのだと思う。あれほど生死に関わる繋がりは、それがどんなに醜い関係だとしても他にはきっとないだろう。

難しく考えないで、今日生きていくことができればそれでよかった。今は時々、なんのために生きているのか不思議になることがある。

今でも父親の夢を見る。ひどい思い出ばかりで、夢に出てくる父親もいつもひどい。一緒にいたいわけではない。それでも、父親が目の前に現れて手を引いたら、俺はそこから逃げ出すことができるだろうか。

病室から見た空は、オレンジと赤が混じり合った色で、立ち並ぶ家がすべて燃えているようだった。


新学期初日から遅れて登校すると、知らないうちに行われた席替えのおかげで、後ろの席は違う生徒に替わっていた。

高井は離れた席で、何事もなかったかのように友達と話している。それから一週間たっても、拍子抜けするほど何も起こらなかった。

じいさんの退院を明日に控え、放課後、荷物をまとめるために病院に寄るように言われていた。帰ろうとすると生徒会役員に声をかけられた。連れて行かれたのは生徒会室だった。

こういう時は職員室じゃないのかと思ったが、黙って部屋に入った。部屋にいるのは、夏休みに会った生徒会長、高井、俺を呼び出した生徒の四人だけだった。

校長室のようなソファが置かれている。

「座れば」と隣にいた生徒に促される。

「話とかないんで」

「あ、そう」

細い目をさらに細めて、眼鏡をかけていた生徒は自分だけそのソファに座った。反対側のソファに座っていた会長は思案するようにあごの下で指を組んでいた。

ちらりとこちらを向いて、何かを言おうとして。それから意見を求めるように眼鏡を見て、眼鏡が興味なさそうに顔を上げなかったので、やっぱりもう一度俺を見た。

言葉を探しているようだった。人を呼び出しておきながらなんだこいつ。

それまで生徒会長なんて人間に何の興味もなかったけれど、おどおどして落ち着きがなかったので違和感があった。

高井はドアから一番遠いところで、「渋谷、会長とは会ったことあるよな。そっちの眼鏡が倉敷《くらしき》で、俺と同じ副会長」と指差した。

「黙ってろ高井。しゃべらないという条件で同席を認めたんだぞ」

倉敷と呼ばれた生徒は、静かに言った。

「ん？　ああ、わりい」

全然悪いと思ってなさそうな笑顔で、高井が謝る。場の主導権は倉敷にあるようだと思っているると、ようやく会長が話し出した。

「えっと、呼び出したのは渋谷君の噂について確かめさせてもらいたかったからです。場合によっては学校に伝えなければならないから、その前に君の話を聞きたい」

「俺こないだ無抵抗なおっさんの財布をとったよ。あんたもあいつも見てたよな」

「う、うん。でもそれは彼が渋谷君の知り合いの女性につきまとっていた人だったからだって、高井が言うから。それは本当？」

ぎりっと高井を睨んだ。高井と面識がなかったからあの男を選んだのに。店に出入りしていた時に多恵からいきさつを聞いたのだろうか。誤魔化《ごまか》すのを諦めて生徒会長に向き直った。

「あんた、今までのかつあげのウワサが全部、誰かを助けるためだとでも思ってるのか？」

「なにか訳があるのなら話してほしい。失礼かと思ったけど、渋谷君のことを調べさせてもらいました。知り合いのおうちにお世話になっていて、それでもしかしてお金がないからとか、そういう理由なら……」

「理由があれば、かつあげしてもいいわけ？」

「え？」

びっくりしたように俺を見る。

「その程度のことなら前からやってるよ。今よりもっと金なんかなかったし。あんたも調べたなら聞いてるだろうけど、俺にはろくでなしの親父しかいないし、他にどうやって金稼いだらいいんだって環境だった。でもそれでかつあげしてもいいのか？　理由があれば許してやるって、考え方がいやらしいんだよ」

「し、渋谷君。あの」

「辞めさせたきゃまわりくどいこと言わずに、学校には来るなって言えばいいだろ。退学になろうがこっちはかまわない」

「言い訳しないで逃げるのが、得策とは思えない」と倉敷が口をはさんだ。

「正確なところを知りたいから呼んだんだ。からまれた時に相手の金をとるのと、最初からかつあげ目的で生徒に近づくのとでは違う」

「なにが違うんだよ。法律的に違わないことはあんただってわかるだろ」

「俺たちの渋谷に対する心証がちがう」

「それになんの意味がある？　学校にはチクらないから安心しろよとでも言いたいのかよ。バカじゃねえの」

俺と倉敷の言い合いに会長はおろおろと視線をさまよわせて、高井を見た。高井は黙って倉敷を指差した。倉敷は小さくため息をついた。

「当事者同士で口裏を合わせようとされたら困るから黙らせていたけどな。渋谷の様子を見ると、その心配はなさそうだ」

「だから、渋谷はプライド高いから、言い訳なんかしないって言っただろ」

どこか嬉しそうに高井がくちを開く。

「かっこよくない？」

「違う意味で話がそれるからやっぱり黙ってろ」

「あの、渋谷君。よくない噂を鵜呑《うの》みにして、高井に調べられないか聞いたのは僕なんだ。それで怒った君は、わざと僕らの前であいうことしたんだよね。痴話喧嘩だから、って高井に聞いたよ」

「は？」

「あ、会長待って」と、高井が遮る。

「渋谷がどんなやつなのか調べてたのは本当だから、渋谷が怒るのは仕方ないんだ。せっかく俺のことを信頼してくれてたのに」

「え、待てちょっと。その前に痴話喧嘩ってなに」

なんだかほんの少し話がおかしい方向にいっている気がする。高井との関わりが面倒くさくなって、彼らの前でその現場を見せようと思ったのは本当だったけれど、それがなんでそういう言葉になるんだ。

痴話喧嘩ってあれじゃないのか。

「え、だって、君ら付き合っているんだよね。あ、僕はそういうの偏見ないし、ナイーブな話だから言いふらしたりもしないよ。安心して」

「安心できるかよ！」と叫んで、これじゃあさらに勘違いを招くと自分でも思った。

やっぱり言われたほうもそう思ったようで、会長は申し訳なさそうに肩を縮こまらせた。

「ご、ごめん。やっぱり気になるよね。高井からも僕らが知ってることは秘密だって言われてたのに」

もうどれから突っ込めばいいのかわからない。視線を移すと、高井はさすがにちょっとまずったみたいな苦笑いだった。

「おまえ……俺のいないところで何言ってんだよ」

何を画策してるんだこのボケ、という呪いを込めて睨む。それすら気弱な会長には、秘密をしゃべりやがってという怒りに見えたのか、高井にまでごめんとわびている。

悪気のなさそうな顔で、俺たちの問題ですからと言っているあれは悪魔なのかと恐ろしくなった。

倉敷はつまらなそうに俺を見て「それでどうする」と言った。

「今までのは見逃せても、今後も通学したいならこれからはそういうわけにはいかない。聞くところ出席日数も大幅に足りていないらしいが、卒業する意志はあるのか？」

じいさんに通えと言われたのを思い出す。

卒業まで面倒見るからと、そう言われたのがだいぶ前のことみたいだった。

「無理だ。近いうちに施設に入るから卒業はできない」

「え⁉」

驚いたのは倉敷ではなく高井だった。

「卒業まではあの家にいるはずだろ。所長の具合そんなに悪かったのか？」

そういえばじいさんとこいつは面識があったなと思う。

「じいさんは明日には退院するよ。でもあのひとは俺の保護者じゃねえし、もともと取り調べが終わったら入所する予定だったんだ」

「まじで。渋谷どこに住むの⁉」

大股で近づいてきた高井の腕を倉敷がひいた。

「落ち着けよ高井。おまえまで引っ越すとか言いそうだな。渋谷は奨学金を受けてるだろう？通えない距離なのか」

「関東圏だけど通学は無理じゃねえかな。そもそも義務教育ならともかく高校なんて通ってる場合じゃねえよ。あと二年で施設も出なきゃいけなくなるから、働き口とかあたりつけなきゃいけねえし」

会長は俺の話にぽかんとした。進学校では卒業してすぐ就職する生徒はほぼいないので、珍しい話だったのかもしれない。

「まあ入所が決まるまで、学校通えるって言うなら、それまでは問題起こさないようにするよ。今はバイトもしてるから食うのに困るってほどじゃねえし」

「うちはバイトも禁止だ」

冷静な眼鏡に、少しおかしくなった。

「じゃあそれも内緒でたのむわ。年内にはいなくなるから」

「えー反対！　渋谷がいなくなるの反対！」

「バカか。おまえが反対してもなんにもなんねーよ」

「じゃあ結婚しよ！」

時間が止まることってあるんだな、と思った。コクっとのどがなったのが、みなに聞こえやしないかとひやひやした。

「た、高井。気持ちはわかるけど、結婚は無理じゃないの？」

会長が話についてきたが、くちをはさむならここじゃないだろうという場面だった。倉敷は恐ろしいものでもさわってしまったかのように、ぱっと高井の腕を離した。その冷静な判断力を呪いたい。

高井は自由になると、一気に俺の前まで歩いてきて、制止しようとあげた俺の手を握った。いつもにこにこしている男なのに、目が真剣だったので本当に怖い。

「な、俺と結婚して、ずっと一緒にいよう」

「根本的なところを正させてくれ。まず俺たち付き合ってない、よな？」

「はは」

「笑うところじゃないだろ！」

「俺が渋谷を好きで、渋谷も俺が好きだったら付き合ってるようなもんだよ」

なにか違う気がしないかと思ったが、こんなたぐいの問題に出会ったのは初めてで頭がうまく働かない。

とりあえず、オレガシブヤヲスキってことは、なに、こいつ俺のこと好きなのか。時々そういうことを言ったり、つきまとったりするのは全部俺が好きだからの行動なのかな。絶対に違うと思う。

反射的に手が出て、馬鹿面を思いきり殴りつけていた。スローモーションみたいに飛んでった高井と、うわ大丈夫!?　と騒ぐ会長を残して生徒会室から飛び出して逃げた。


じいさんの退院は午後の予定だった。雨の中、昼前に制服姿で病院に寄ると、あからさまに顔をしかめて、「なんだ、学校はどうした」と俺を叱った。

「昨日、荷物取りにこれなかったから」

「そんなものタクシーに乗せちまえばいいだろ。さぼる口実にするんじゃない」

すでに私服に着替えていたじいさんは、ちいさなボストンバッグに服を詰めていた。タオルなんかも院内のランドリーで洗ってたたんである。

「これ、どうすんの？」

「そこの袋にいれておけ。寄りあいの連中にもらったもんだが、捨てちゃもったいないだろう」

まだ赤い花をつけていた切り花を花瓶からひきぬいて、濡れている茎の部分を新聞紙でくるんでビニールの手提げ袋にそっといれる。

顔見知りの看護師がやってきて、じいさんを呼んだ。

主治医と話してくると言い残して病室を出ていったので、俺は残っている老眼鏡のケースや文庫本などをバッグに詰めてベッドに腰かけた。布団もレンタルするものらしい。今はすっかり取り払われていた。

三人部屋の他のベッドには、じいさんと同じくらいの年の患者が寝ながら備え付けのテレビを見ていた。

白い仕切りカーテンがひらひらとゆれていた。雨が入り込むとまずいかと思い、少しだけ開いていた窓を閉める。雨の音が遠くなる。空は暗くずっとむこうで雲が光っていたが、耳をすませても音はしない。

俺は窓にもたれてため息をついた。

昨夜はバイトしていても、注文は間違うは終電は逃すはで散々だった。ドアが開くたび、高井じゃないかと思ってぎくりとして、結局、朝方に店を閉めるまで知った顔は現れなかったので、それでさらにみじめになった。

はあ、とため息をついた。高井は頭を一回見てもらったほうがいいと思う。おかしなやつだと思っていたけどあれはひどい。あんな風に、なんでも持っているやつにはわからないのだろうか。

なにも持っていない人間が、あけすけに好きだと言われて、やすやすと勘違いしてしまう気持ちがわからないのだろうか。

高井の愛情がもしコップに半分くらいだとしても、俺はその何倍もあるんじゃないかと期待してしまう。飲み干したらすぐに無くなってしまう量でも、無尽蔵にあふれ出る何かと勘違いしてしまう。

戻ってきたじいさんは、医者の話は長くてかなわんと愚痴ると、同室の患者に挨拶も無く部屋を出た。頑固なじいさんがこの部屋でどう暮らしていたのか、一日の数十分しかここにいなかった俺はわからなかった。

もっと見舞いにくればよかったのかもしれない。

受付で「お孫さんが来てくれて良かったですね」と他意なく微笑みかけられて、俺とじいさんはそろってくちをへの字に曲げた。

あえて否定はせず、タクシーを呼んでもらう。雨で正面玄関は混んでいるとかで、タクシーは病棟の裏の通路に迎えにきた。

　助手席に、じいさんが乗り込む。俺は後部座席に荷物を詰め込み身を縮めて荷物の隙間に座った。タクシーが動き出そうとした時、ドン、と後部座席のドアが叩かれた。驚いて顔を上げると雨で濡れたガラスに大きなてのひらが押し当てられていた。

　高井は「渋谷」と呼んだ。傘を差しているのに肩は濡れ、白い夏服のシャツがぺたりと張り付いていた。じいさんが俺を見た。

「なんだ、高井とかいう小僧じゃないか？」

「早く出してくれ」

　そう言ったけれど、じいさんにケンカならとっとと片をつけろと車外に放り出されてしまった。

「探した」

　高井はこれみよがしに、ほおに大きなガーゼを貼っていた。けれど目の横にまで紫のアザがはみ出しているから、別に大げさな手当てではないのかもしれない。

　本気で殴ったので仕方ない。俺を置き去りにして発進したタクシーを睨みながら、傘をひらいた。

「なんでここがわかった」

「俺、渋谷が畑に来なかったから焦った」

「電話したら、雨だから収穫はないって言ってた」

「うん、俺も言われた」

そう言うと、くったくなく笑った。高井はにこにこしたまま、「処分なくなったよ」と言った。

「だから学校においで」

「明日から行く。それだけならもういいだろ。さっさと帰れよ」

昨日のやりとりを思い出して気持ちがふさいだ。退学になってもいいと思っていた時とはまた違い、でも同じように学校を辞めたいと思っていた。

高井の前で多恵のストーカーを殴った時と同じ、苛立ちを感じた。無神経なことばかり言う男から離れたかった。

「おまえなにしたら、俺のことほっといてくれるの」

ぼそりと言うと、高井は目を丸くした。

「迷惑なんだけど」

今度は嘘じゃなかった。

俺が高井を好きでも嫌いでも、放っておいてくれたほうが今までより楽になるのがわかっていた。ひとりでいるほうがなんの期待もせずにいられる。

「うん、でも俺、渋谷が何してても好きだと思うよ」

い。

「はは、渋谷が思ってるよりずっと俺はバカだよ」

あたりは昼間なのに薄暗く、高井は雨でびしょびしょだったのに不思議と哀れな感じがしない
夏の雨みたいに、すぐに晴れるのがわかっているような笑顔だった。くちをあけて笑ったせで、痛ぇとほおを押さえる。少し近づいて俺もガーゼの上から高井のほおをさわる。

「熱い？」

「今日はそんなに暑くないけど？」

熱かったのは俺のほおだったけれど、高井のほおも腫れているせいで熱を持っていた。あきれるのをあまりにも通り越すと泣きたくなるのだろうか。

俺の中はもうカラカラで涙も出なかった。少し俯いて傷が見たいと言った。

「これ？」

首をかしげた高井は、渋谷は変なこと言うねとくちの端を上げた。

「ひっどいことになってるけどいい？」

ぺりぺりと半透明のテープをはがすと、確かにひっどいことになっていた。

「渋谷ほんきで殴るんだもんな。会長なんかびびって、倉敷が止めなかったら救急車呼ぼうとしてたよ」

「馬鹿じゃねえの」

「痛えの？」

「痛いよ」

全然痛くない顔で、そう言う。

「渋谷が好きだよ」

同じニュアンスで言われる。返す言葉が思い浮かばなくて、さあさあと降る雨の音が、今の言葉をかき消してくれるのを祈った。


家の明かりが見えてホッとした。鍵のかかっていない玄関を開けて、濡れた靴と一緒に靴下も脱ぐ。

久しぶりにじいさんの靴が揃えて置いてあるのを見て、どうしてかほおがゆるみそうになった。玄関にはボストンバッグとともに、数時間前に見た赤い花が、袋からはみ出して転がっている。

これではなんのために持ち帰ったのかわからない。花を抜き取ると洗面所に向かった。

「じいさん、花瓶ってあったか？」

声をかけたが返事がない。廊下はしんと静まり返っている。なるべく床を濡らさないように早足で洗面所にたどりつくと、歯ブラシのコップに水を浸して、丈の短い花束をそこに差した。

ひとりの時のように静かな家に違和感を覚えて、居間に引き返す。

「じいさん？」

電気はついていたが、誰もいない。狭い台所に目を向けると、じいさんがあおむけに倒れているのが目に飛び込んできた。

持っていたコップを取り落とす。慌ててそばにひざまずいて肩を揺すったが、じいさんの目はひらかなかった。

顔が黒ずんでいて、口の端から血がこぼれている。タクシーに乗り込んだ時のじいさんとはまったく違っていて、体中の血の気がひくのがわかった。

口元に顔を近づけると、わずかにだけど呼吸が感じられた。

「じいさん……しっかりしろ！　すぐに救急車呼ぶから」

血がのどにつまらないように横にして、電話のある廊下に転げながら走りでた。

震える手で受話器を手にする。呼び出し音のあと、電話に出た女に「救急車！」と叫んだ。

慣れているのか落ち着いた声で患者の状況を説明するように促される。

俺はでてきたばかりの居間を振り向いた。

遠くで小さな雷が鳴った。次に、手にした受話器ごと床にほうりだされて、俺は廊下に倒れ込んでいた。髪をつかまれてひきずられながら、隅に転がった電話から流れる声が、遠ざかっていくのが聞こえた。

居間の窓ガラスの外は、地獄みたいに真っ暗な雨が降っていた。

「とう、さん」

いっそ優しく聞こえるくらいの声で「アカネ」と言われた。

髪をつかまれたままだったので、顔を蹴られたとき身をよじることもできなかった。

この四ヶ月、離れていたのが不思議なくらい、それはいっきに俺の現実になった。いつでも真っ暗でじめじめして痛いのが俺の現実だった。切れたくちから唾液と一緒に血がこぼれおちる。

「隠れていたつもりか？　馬鹿にしやがって」

わき腹の骨が、折れたのが痛みでわかった。さけきれないくらい強烈に泣きたくなった。

早く終わって欲しいと恐怖で泣くことはあったけれど、自分がみじめで泣きたくなったのは初めてだった。

父さんとふたりになれば、抵抗もできずに震えて、意識を手放すことしか考えられなくなるのはどうしてなのだろう。

死ぬのが怖いと、それしか考えられなくなるのはみじめだった。

ぼろぼろの俺の顔を見て、それでも父親は満足できなかった。首に手をかけて上向かせる。

「どこへ逃げても捕まえてやる。アカネ、おまえは俺の子どもだろ？　俺の言うことだけ聞いてればいいんだ。そこの老いぼれみたいに死にたいのなら、俺が殺してやる」

じいさん、と思った。ピクリとも動かない。

死んでしまう。

このままじゃ死んでしまう。俺しかいないって、その気持ちだけが俺を動かした。救急車を呼ばなきゃいけない。電話のところまで這《は》って行こうとしたけれど、ほんの少しの距離が遠かった。

わき腹と肩が熱くて左腕には力が入らなかった。骨折している。何度も経験している感覚だったけれど、いまは不思議と痛みを感じなかった。

ぜいぜいという音が、自分の呼吸だってことにしばらく気づかなかった。

父親は、感情の読めない目で俺を見下ろしていた。

「俺、俺のことは殺してもいい。父さんのところに戻るからじいさんは」

たすけて、と言った。

幼い日以来の言葉がこぼれる。父さんには言っても意味がない言葉だったから、もうずっと長いこと意識してくちにしないようにしていた。

言ったら、何も詰まっていないと思っていた心が、バラバラになるみたいだった。けれどすうっと色の変わった顔で、さらに機嫌を損ねたことがわかった。

ゆっくりとじいさんを振り返る男は、肉食の動物のように見えた。ぞっとして息を飲む。

畳をさぐった指が、ごつごつした目覚まし時計にたどりついた。なにか考えるひまもなくそれを横顔に振り下ろす。

「っ、おまえ」

力がゆるんだ隙に、夢中で腕を振り払って、畳を這いながら廊下に向かう。

遠くから救急車の音が聞こえてきた。震えているせいで力のはいらない脚を無理やり立ち上がらせて、壁にすがりつく。

「アカネ！」

後ろから腕を引かれてがむしゃらに振りほどいた。転がるように三和土《たたき》に飛び降りる。引き戸を開けると、別世界の入口みたいに当たり前に高井が立っていた。

春の出来事

　ひとけのないビニールハウスに渋谷を見つけた。

「渋谷おはよー」

　声をかけると、ひとりでニンジンを引っこ抜いていた渋谷は、身をかがめたまま俺を見た。紙パックのジュースを振る。

「朝飯食う?」

　片手に下げたコンビニの袋をガサガサさせたら、渋谷はじっと俺を見つめて「おまえなにしてんの」とつぶやいた。

「おにぎり、しゃけとツナマヨとからあげがあるよ。どれが食べたい?」

　渋谷は馬鹿じゃないのかと疑るような顔をして、それからぷいっと俺を無視すると、また手元の作業に向き合った。

　ジャージ姿の渋谷は泥で汚れていて、それなのにきらきらして見えた。朝陽のせいなのかもしれない。学校指定の紺のバッグを放り投げ、腕まくりして隣に並ぶ。渋谷はなにしてんのこいつ、という顔を向けたけれど俺を止めたりはしなかった。単純に作業が早く終わると思ったのかもしれない。

　朝採れトマトが並ぶ食卓で、やっぱり俺は渋谷の横で朝ご飯を食べた。菜園のおばあさんが

「友達か?」と聞いてきたけれど、渋谷は「クラスのやつ」と言い直した。

　朝ご飯を食べながら渋谷はずっと、なにしてんのこいつという表情を崩さなかった。気持ちはわかる。俺もなにしてんだろうと思う。ただ憮然《ぶぜん》とした横顔を横目で見て、それで渋谷は耳まで綺麗だなとかそういうことを思っていた。

　俺が渋谷にかまい始めると、クラスのほとんどが驚いた。渋谷は喧嘩無敵伝説を作ってしまう男で、実際、同じ学年にその被害にあった生徒もいた。そして父親を殺したという不穏な話が彼の噂にハクをつけていた。

　俺は信じていなかったけれど渋谷の忘れ物を持って家を訪ねた時に、それが半分本当だということを知った。

　それで渋谷が真面目な顔で「俺、親父のこと刺したよ」と言うので少しだけ驚いた。そして、言いながら俺を遠ざけようとしているんだなとわかった。

　俺は頭は悪かったけれど、そういうことはあまり間違えたことがない。渋谷は逆に、人の気持ちとか、俺が何を考えて渋谷をかまうのかとかはよくわからなそうだったので、俺といても困ったように視線をそらすことが多かった。

　パンとおでんを差し入れ、もうこんなことはしなくていいからと言われた後。俺は懲《こ》りもせず渋谷に会いにきていた。

「おまえ、金持ちのくせになんでいつもコンビニ行くの」

渋谷はもうどう言って俺を説得すべきなのかわからないという素振りで、ただ目の前に置かれたコンビニの袋に目を落とした。

「このコンビニでバイトしてるから、つい行っちゃうんだよな」

「は？」

「学校の近くのコンビニだよ。渋谷も今度こいよ」

「だっておまえんち、金持ちじゃねえの？　なんでバイト？」

心底不思議そうに渋谷が言った。渋谷が俺の噂に少しでも関心があることが嬉しかった。

「俺んち金持ちじゃないよ。今の家は親父が一発当てて建てただけで、母さんも弁護士になってからしばらくは、もめてて仕事にならなかったし」

「もめて……？」

「そうそう、母さんの父さん……俺のじーちゃん？　が、弁護士会とかに顔が利く人だったらしいんだけど。母さんが高校生の時に子ども作って家を出て行ったのをめちゃくちゃ怒って、仕事できないようにしたみたいで……あ、その時の子どもが俺ね」

「へえ」

渋谷は困った顔をした。それが可愛かった。

まずいな。俺は渋谷を監視する目的で一緒にいるのに好きになったらまずいなと思った。

渋谷はバーでバイトを始めた。未成年なのに酒を扱う店だった。渋谷の家庭環境は複雑で、所長——渋谷と一緒に暮らしているひとに迷惑をかけないで金を稼ごうとしているようだった。

オーナーは多恵という名で、美人だった。俺は彼女から渋谷を雇ったいきさつを聞いた。俺があんまり根掘り葉掘り渋谷のことを尋ねるので、彼女は「気になるの」と含み笑いした。

昔の男に付きまとわれているところを助けてもらって、用心棒になってもらってるの、と冗談めかして言った。きっと渋谷が綺麗な顔をしているしかっこいいので店で雇ったんじゃないかと、俺は想像してぎりぎりと奥歯を噛んだ。

実際、店ではオーナーの若い愛人じゃないかと評判になっていた。ずいぶん年上なのにとても魅力的な彼女に、渋谷のこと食っちゃってませんよね、と聞きたくなるのをぐっとこらえる。

渋谷は澄ました顔でシェーカーを振っている。びっくりするほど様になっていて、カウンターに座る女の子の視線が渋谷に注がれていた。

「多恵さんこの店って女の子多くないですか。先月来た時はもっとおっさんが多かったのに」

「そうね。渋谷くんが来てから女性客は多くなったわね。このあたりって可愛い子がいるって評判は広まるのが早いのよ。でも君がよく来てるっていうのもあるんじゃない？　たまに女の子に捕まってるでしょ」

意味ありげに微笑んだ。

それは別に間違いではなかった。時々、渋谷との関係を店の客に聞かれる。そういう時の女の子は俺と渋谷の二枚抜きを狙っていることが多いので、ごめんね俺、渋谷のことが好きだから、と答える。

女の子はホモなんだとがっかりして渋谷に告げ口したりする。そのたび渋谷には、バカなこと言うなよ俺までそういう目で見られるだろと怒られた。

「正直、国春くんみたいな友達がいて驚いたわ。あんまり人と深く仲良くしてなさそうだから」

「そうでもないよ。渋谷は優しいところあるしかっこいいし。俺と初めて会った時も、俺が襲われてたら助けてくれたんですよ」

同じように助けられて好きになったりしてないよね、という意味を込めて睨みつける。多恵さんは「え、男に？」と目を丸くした。

「いや、女でしたけど。担任の先生」

「なにそれ、そんな昼ドラみたいなことってあるの？」

多恵さんはおかしそうに笑った。

俺は昼ドラを見たことはなかったけれど一緒に笑った。

「そういえば渋谷くんひとり暮らしって言ってたけど、親御さんは疎遠なのかしら？」

「さあ、俺もあんまり知らないから。でも一緒に住んでるじいさんとは仲いいですよあいつ」

「そうなの？」

少しだけ声をひそめてため息をついた。

「ね、渋谷くんのおじいさんってどういうひと？　もしかしてよく怒る？」

　彼女は俯いて、それから俺の耳のそばに顔を近づけた。

「あの子、身体に古い傷があるけど、それっておじいさんのせいじゃないわよね」

「違いますよ」

　俺がためらいなく答えると、彼女はホッとしたように息をついた。

　それで俺はあらためて渋谷を見た。渋谷は夏でも長袖のワイシャツを着る。ウェイター用の白いワイシャツは手首できっちりとボタンが留まっている。でも洗い物をする時に袖をまくると、みみずばれのように線をひいて膨らんでいる傷が見える。

　それは皮ふの色とかわりないのであまり目立たない。傷の上を新しい皮ふが覆ったということは、昔できた傷なのだろう。多恵が心配する理由は痛いほどわかる。

　ジンジャーエールを飲む俺を見て、渋谷は「せめて酒頼めよ」と嫌な顔をした。

「俺たち未成年だろ」

「こんなところまでついてきて言う台詞かよ」

　おまえストーカーみたいだな、と呆れたように言った。本当にそうだな、と思ったので笑った。

　夏のあいだ、俺は店に通い続けた。ある日、店の奥のソファでぐったりしてる渋谷を見て、普段は見ない気の抜けた姿に俺は少し笑った。

悪酔いした常連客に絡まれて飲み比べすることになったらしい。渋谷は片腕で顔を隠すようにして、平気じゃねえ気持ち悪いとぼそぼそ答えた。いつも明瞭にしゃべる渋谷が珍しい。シャツのボタンがいくつか外されていた。はだけた胸元が酒のせいで赤くなっている。それよりも、火傷の跡のような醜い引きつれがいくつもあって、目を奪われた。

渋谷の上にかがんで、顔を隠している腕を押さえつけた。くちびるにキスする。渋谷はびくりとした。

ゆっくり腕を外して軽蔑した目で俺を見ると、「おまえ、何したいの」と言った。

考えたけれど、よくわからなかった。

「わからない」

思えば最低の返事だ。渋谷は少しの間黙ったままでいて、それで「酔ってんじゃねえよ」と吐き捨てて部屋から出ていった。

そのすぐ後に渋谷は、俺や会長たちの前で多恵の元恋人を殴ってかつあげを装った。俺とはもう関わりたくないと行動であらわしたのに、俺はもう渋谷を諦められなくなっていた。

夏休みが終わり、渋谷に結婚を迫って殴られた顔は、見るも無残に腫れた。くちの中まで切れて腫れていて、歯を磨くとぬるい水まで染みた。気のせいか奥歯がぐらぐらする。

「国春、どうしたんだそれ」

並んで歯をみがいていた父さんは鏡越しに俺を見て、自分の左ほおを指でさわる。俺の左ほおは青くて赤くて毒々しかった。

「ずいぶん腫れてるなあ」

「痛そう？　なんか貼っておいたほうがいいかな」

「学校の子と喧嘩したのか？」

「うん、痴話喧嘩」

「痴話喧嘩って意味わかっているのか」

「え、たぶん。俺もう十七だし。あ、十八になったら結婚ってできんの？」

「十七じゃなかったか？　プロポーズされた時、母さん十七だったよ」

「えーやっぱ親子だな。俺も昨日プロポーズしちゃった」

くちをゆすいで顔を洗うと、父さんは「おまえは母さん似だからな」と笑った。俺は父さん似と言われるほうが圧倒的に多かったけれど、嬉しそうだったので黙っておいた。

「返事は？」

「振られた！」

父さんの後ろを通りすぎて洗面所を出ると、笑い声が聞こえた。大きなくちをあけると、ほおがずきずきと痛んだ。

ぼんやりと雨の中畑で待っている間は、やっぱりずっとずきずきしていた。傘を差していてもしずくで制服は濡れて半袖のシャツは冷たくなった。

渋谷は学校にも来なかった。教師には腫れたほおのことをからかわれ、見ているほうが痛いといって、クラスメイトが湿布を貼ってくれたけれど、痛みは少しも治まらなかった。ずきずきしすぎて渋谷のことしか考えられなくなった。

隣の席の女の子がちょっと驚いたように言った。

「高井君どうしたの？　怖い顔してるのめずらしいね」

「顔痛くて。笑うとくちの中も痛いし」

「すごい腫れてるよね。誰にされたの？」

彼女は綺麗な指で俺の顔のガーゼにふれた。つつくようにさわってから「痛そうだねー」と微笑んだ。

「好きなひとに殴られた」

「え？」

ぱちぱちと長いまつげがまたたいて、ふうん、と興味なさそうにつぶやく。

「そんなに力いっぱい叩かなくてもいいよね」

「や、悪いの俺だから」

そう答えたら彼女はくるんと背を向けて、それから教室を出ていった。

俺は怖い顔って言われたのでちょっと考えてみた。離れたところでぽつんと空いている席を見て、それで、これはずきずきじゃなくてそわそわかなと思った。

昔、廊下でキャッチボールしていて、ボールを取り損ねた相手が窓枠から落ちそうになったことがあった。その日は朝からそわそわして落ち着かなかった。

俺の勘は進学校の入試に受かるくらいには役立っていたので、逆らわないようにしている。そわそわするのは嫌なことが起きる前触れだ。

次の授業が始まる前に、教室を出た。すれ違った友達にサボるなら一緒に行くと言われたので、また今度と言って走って逃げた。

行き先は見舞いに行ったことのある病院で、病室に行くつもりだったけれど、タクシーが裏口に向かうのが見えたのでついていった。

タクシーが止まった先に荷物を持っている渋谷の姿を見つけた。タクシーの窓を叩くと、後部座席にいた渋谷は目を丸くした。驚いた顔は見慣れたと思ったのに、一日ぶりくらいで新鮮なほど可愛いかった。

「熱い？」

渋谷に言われて、鈴木《すずき》とか佐々木《ささき》とかいう女子と同じように顔をさわられた。もう全然その感触がちがって、ガーゼ越しなのがもったいないって叫びだしそうになった。反対側のなにも貼っていないほおにさわられたら、たぶん叫んでいた。

背筋がざわつくのは寒気に似ていた。渋谷は話している時もずっと無表情だったけれど、ちょっと疲れていたようで、泣きそうにも見えた。

今度はどれだけ考えてみても、迷惑だって言われた言葉がそのままの意味に聞こえてしまって、今日はやっぱり嫌な日だと思った。

渋谷に好きだと伝えたらますます気配が薄くなって、雨に溶けてしまいそうだった。

学校に行けよ、と渋谷は言い捨てて、俺は病棟の裏口で立ちつくした。学校にはカバンごと忘れてきた。携帯と定期だけはポケットに入っているから家には帰れるけれど、どうしたらいいかなと思っていると、重そうなドアが開いた。

ひょいとそこをどくと、若い看護師が「あら」と言った。

「今、タクシーが来てなかった？」

「若林《わかばやし》さんなら帰りましたよ」

「あ、お知り合い？」

所長の名前をくちにすると、よかったと微笑まれる。

「お孫さんと同じ制服だったからもしかしてと思って。悪いんだけどこれ渡してもらえるかしら？　病室に忘れてたの。ケースはなかったからきっと中身が入ってるって思っちゃったんじゃないかな」

渡されたのは眼鏡だった。いつもかけているところを見ないので、老眼鏡だろう。

「こっちで預かると書類とか書いてもらわなきゃいけなくて面倒なの。内緒なんだけどお願いできる?」

「いいですよ」

「ねえ、そのほっぺた大丈夫? 薬塗るくらいならできるわよ」

「見た目ほどは痛くないんで。ありがとうございます」

さわられるのを避けた。渋谷がさわったところだからって、そう思ったら、自分がちょっと可哀想に思えた。

俺の携帯が鳴りだしたので、彼女はよろしくね、と言ってまたドアの向こうに消える。ディスプレイには『会長』と表示されている。

「会長?」

「倉敷だ」

「自分の携帯使いなよ」

「どこにいるんだ」

俺はとぼけて、「学校に決まってるだろ」と答えた。

「嘘をつくな。梶《かじ》がクラスまで行ったのにおまえがいなかったと言って探している」

「会長が探してたの? えっと病院」

「なんだ、殴られた痕はそんなにひどかったのか。歯も折れてなかったのに。まあ顔が倍くらい腫れるかとは思っていたんだが、しゃべれるなら問題ないな。仮にも生徒会役員が授業をさぼるな」

「会長なんだって？」

「『昨日は高井が息も絶え絶えに、渋谷を処分するなら俺を退学にして、と言うからつい遺言を聞くつもりでわかったと答えちゃったけど、これってやっぱりおかしくないかな』とのことだ」

「倉敷、声真似うまい」と、笑う。

「あんな骨っぽい見てくれで、あれほど力強いパンチがくると思わなかったな」

「渋谷かっこいいでしょ」

「聞き飽きた」

「だって自慢したくなるだろ。かっこいいし綺麗だし何考えてんのかわけわかんないし頭いいし馬鹿じゃないかってくらい喧嘩強いし」

「ドエム」

「いいじゃん、ドエスの倉敷とＳＭ副会長コンビで」

倉敷は「最悪だ」と答えた。

「会長には、ごねたら俺、生徒会降りますよって脅しておいて」

「おまえ本当にそういうところはえげつないな」

明日は行くと言って電話を切る。

雨はやむ気配がないどころか遠くの空がゴロゴロと光った。眼鏡をシャツの胸ポケットに入れた。所長の家は病院からさほど遠くないので、俺は歩き出した。

昼下がりだというのに雨のせいで人通りの少ない街は暗かった。

渋谷のことを考える。そわそわした気持ちはちっとも落ち着かなかった。

ふと思う。もしかしたら、これが俺の普通なのだろうか。好きになった女の子と手を繋いで帰ったりする時のようなワクワクした気持ちじゃなく、怖いくらいに不安になるのが渋谷とする恋なんだとしたら少しせつなかった。

ワクワクしながら手を繋ぐよりずっと性欲に直結していた。たぶんそれは渋谷に見抜かれていて、それで困った顔をするのだと思うので、好きだという言葉を信じてもらえなくても、それは全部俺のせいだった。

見知った道を曲がると、救急車のサイレンが背後から近づいてきた。道を開けてくださいとアナウンスしながら俺と同じ角を曲がって、ゆっくりした速度でまた道の先を左折した。

それたボールを取ろうとして、四階の窓から友達が上半身を乗り出した時みたいに、血液がざわざわとわき立つ。

あの時も全部がスローモーションみたいで、ボールが友達の手にふれる前にもう、走り出していた。

「渋谷」

いつのまにか傘は持っていなかった。古い家が立ち並ぶ一角で、救急車を追い越す。どの家もしんとして薄く明かりがもれていて、それは所長の家も同じだったのに、どうしてかそこだけひどく禍々《まがまが》しく見えた。

俺は初めて見た。自分の父親くらいの大人が、叫ぶのを初めて聞いた。渋谷のかけた電話がそのままになっていなかったら、渋谷は死んでいただろう。

話をする余地なんてなくて、救急隊員と騒ぎを聞きつけた派出所の警官が来るまで、渋谷を離そうとしなかった。

殺して一緒に死ぬ、と狂ったようにさわぐ大人の男は恐ろしかった。夜にコンビニの前でバカ騒ぎするような、髪を黄色くした高校生たちとは全然違った。

でも渋谷が助けて、って言った。ような気がして、それで俺は反射的に父親を殴ってしまったので、俺まで警察に捕まることになった。

渋谷を救急車に押し込んだ後、父さんが呼ばれることになった。昼夜逆転生活の父親は、寝起きのよれよれの頭で背広の上だけ羽織ってすっとんできて、それでせいいっぱい頭を下げてくれた。

「事情は騒ぎを見ていた人から聞きましたから、連れ帰ってもらえれば大丈夫ですよ。今夜はご自宅から出ないようにしてください」と、ひとの良さそうな制服の警官は言った。

「あの父親、前もこんな騒ぎを起こしてましてね。この界隈《かいわい》じゃ有名なんですよ。まったく困ったものです」

のんびりした言い方に腹が立った。父さんはもう一度頭を下げて、俺を車に引き込んだ。エンジンをかけなかった。

「友達のお父さんなんだって？　その顔、本当はあのひとに殴られたのか」

「違う」

俺は「ごめんなさい」と謝った。

「うん、まあ、母さんにはもっと怒られるだろうから覚悟しておいたほうがいい。そのほおの傷も初めて見るからきっとびっくりするだろう」

「その前に病院に行ってもいい？」

「今夜は駄目だな。父さん、あの警官と約束したからおまえを一晩中見張ってなきゃいけない」

そう言って車を出した。

「好きな子が殺されそうだったら、相手を殺してもいいと思う？」

「駄目だ」

「渋谷が好きなんだ。そばにいてあげたい」

ハンドルを持っていた手がぴくりとした。父さんはびっくりしたように俺を見た。

「おまえがそういうことを言うとは思わなかった。振られた子なのか？」

「うん」

「煙草吸っていいか？」

「母さんに怒られるよ。車が煙草くさくなるから嫌だっていつも言ってるだろ」

「そうだな」

それでも父親は胸ポケットから煙草をとりだすと、窓を少しだけ開けて吸い始めた。

「病院は？」

「田野崎市立病院。この道の突き当たりを左に曲がってまっすぐ」

父さんはナビに伸ばしかけた手を止めた。ふうっと煙を吐き出した。

「雨の日に窓を開けるもんじゃないな。ハンドルが濡れてたら母さんに怒られる」

「雨は乾くよ。父さんありがとう」

「おまえから好きな子の話を聞くようになるとはなあ。保育園でスカートめくって喜んでた、ちっさな子どもが」

「え、記憶にないな。ていうか父さんの俺の記憶ってそんな昔なの」

「あとはまあ、バレンタインとかにおまえをからかうのは母さんの役目だったから、俺はおまえのバッグをこっそりあけて数を数えておいたりとかそれくらいだったよ」

「それ普通に嫌なんだけど」

「だから恋愛相談は母さんにしてください。息子の恋愛話なんてまともに聞いていられない」

「恋愛小説家なのに？」

「あれはフィクションだからすべてが自由だ」

ふうん、と思った。サインが欲しいと騒いでいた女の子が聞いたらがっかりするだろう。

「渋谷と結婚してもいい？」

「おまえが決めることだ。まあ親としては、自立するまでダメだとか言っておきたいところだけれど、父さんも教師を辞めてから長いこと母さんに食わせてもらってたから、大きなことは言えないよ」

「それあんまり人聞きのいい話じゃないね」

「そうだな。よくそう言われる」

「でも俺、渋谷のしあわせがどのへんにあるのかわからない。俺が父親を殴った時、喜んだのか本当は怒ったのかもわからない。俺が一緒にいたら好きになってくれるかな」

「おまえが必要と思ってやっただけだろ。殴ったことはその子には関係ない」

「うん。でも好きになってほしい」

「相談は母さんにしてくれ」

ふ、と父さんが笑った。横顔は暗がりのせいか特別にかっこよくみえる。母さんもよく顔にだまされたと言っている。こういう当たり前の平穏を俺は持っていて、だから渋谷のしあわせを上手に考えることができていないのかもしれない、と思う。

俺のしあわせは容易に思い浮かべることができるけれど、同じとは限らない。

殴った男を思い浮かべる。ついさっき経験した強烈な出来事のはずなのに、もう記憶がぼんやりしていた。きっと俺はしあわせに慣れすぎていて、それで渋谷の気持ちがわからないのだったら、一緒にいることがしあわせなのかどうかも疑わしかった。

病院の外で携帯を閉じて、ため息をつく。父親を説得するのに時間がかかってしまった。雨はさらに強くなっていて、外はどこまでも真っ暗だった。

病室に戻る。前とは違って今は所長ひとりだけが眠っている。ピッピッと規則的な機械音が部屋の外まで聞こえている。ガラス窓には丸いアルファベットと一緒に、集中治療室と書かれていた。

渋谷はその文字の下で床に体育座りして丸まっている。左腕だけは力が入らないせいでだらりとたらされていて、三角巾が役割を果たせずその横に落ちていた。

「落ちついた?」

「ん」

ず、と鼻をすする音がした。その薄っぺらい肩はぴくりともしていない。

治療のために入院患者が着るような、薄緑色の服を着ていたから、夏の夜なのに寒そうだった。

襟元なんかはぶかぶかで首の左側が少し見えた。赤い指のあとがくっきりとついていた。本当は座っているのも辛いはずだった。

渋谷の怪我は肋骨《ろっこつ》骨折、左肩の脱臼《だっきゅう》、頬骨にひびが入り歯が二本折れていた。内臓破裂の恐れがあると言われたじいさんの手術中に、待合室で倒れているのを見つけられるまでそのことは誰にも気づかれなかった。

ぽんと頭にてのひらを置く。

「今夜は俺んちにおいで。父さんが車で来てるから行こう」

渋谷は何も言わなかった。

「家族以外は病院に泊まれないんだってさ。あとは医者にまかせておまえはちょっと眠りな。朝になったらまた病院に来ればいいから」

「嫌だ」

意地になっている渋谷の髪をくしゃくしゃにする。手術は成功したけれど、高齢のため意識が戻るまで予断を許さないと聞いていた。

所長の家族はすぐに現れた。戸惑った顔の女性は主治医に付き添われてエレベーターから降りてきた。中学生と小学生くらいのふたりの子どもをつれている。

病院が珍しいのかきょろきょろとあたりを見まわすのを、母親に窘《たしな》められていた。

俺は彼らとすれ違って、待合室に顔を出した。ソファに座っていた父さんは、俺に気づいて書き物をしていた手を止めた。眼鏡をはずす。

「帰れそうか？」

首を横に振った。

「そうか。まあいい。あと三時間くらいならここにいても良いそうだ」

「でもあいつ、骨が折れてるから早く休ませたい」

「え、そうなのか？」

父さんはびっくりした。

「横になっていなくて大丈夫なのか？」

「さあ」

むすっとした俺に「おまえが怒ることじゃないだろう。痛いのはその子なんだから」と言う。

「そうだけど」

「母さん今日も帰りが遅いらしい。腹が減らないか？　病棟の売店ならまだあいてるらしいから、なにか買ってくるか。きっと夕食もたいしたもの作れないだろ」

「んーじゃあカフェラテ飲みたい」

「それはそこの自販機で買えるんじゃないのか」

「骨折してる時にいい食べ物ってなんだろ。カルシウムが含まれているのは牛乳とか小魚？」

「本人に食べたいものを聞いてみたらどうだ？」

「たぶんいらないって言われる」

間違いのない予感に、ため息をつきたくなる。

待合室には俺たちの他にワイシャツの男がふたりいて、小声でなにか話し合っている。俺が病院についた頃に渋谷と話をしていたので、それが警察関係の人間だということは知っていた。ちらりと俺を見たので、目が合った。

ふと、廊下の向こうから声が聞こえた。すみません、と悲鳴みたいな声で謝っていたのは渋谷だった。人工的な明かりの下で親子は立ち尽くしていた。女性の後ろに、小さな女の子が怯えたように隠れている。

じいさんの主治医は渋谷の肩に手を置いたが、床に頭をつけていた渋谷は動かなかった。

「俺のせいです。すみません」

それぱかりを繰り返していた。おろおろした女性は、「もういいですから立ってください」と言う。

「なんですか、これ。父が危篤だっていうから来たのに。何があったんです」

怯えた母親に女の子は泣きだした。しゃがみ込んだ母親は娘をぎゅっと抱きしめた。その横に不安げな顔をした息子も寄り添った。

「父は無事なんですか?」

「病状をお話ししますのでどうかこちらへ。君も立ちなさい。傷にさわる」

主治医が促すと渋谷はよろよろと立ち上がって、道をあけるために壁に背中をついた。その横をとおる時、母親は不審げな顔で渋谷を見たけれど、結局なにも言わなかった。壁にくっついてしまったように動かなかった渋谷は、緑色の服の胸のあたりをぎゅっとつかんで俯いていた。

そばに近づいたのに顔も上げない。

「帰ろう渋谷」

長い髪が邪魔で顔は見えなかったけれど、渋谷の腕にぼたぼたと涙がこぼれた。ぱたん、と音がする。奥の部屋が閉まった音だった。渋谷の身体が震えだす。

「うえっ」

「もういいよ。帰ろう」

抱きしめると消毒液の臭いがした。身長差はほとんどないのに、薄っぺらな身体はすっぽりと俺の腕におさまった。

ぎゅっと抱きしめてから、これじゃ傷口が痛いかなと思った。でも渋谷が身を寄せてきたから抱きしめるのをやめられなかった。

可哀想な渋谷は、俺が好きになった人だったはずなのに、泣きじゃくる姿はひとつも俺のしあわせとは繋がっていなかった。

駐車場で待っていた父さんは渋谷の顔を見て、俺の顔を見て、それからもう一度、泣き腫らした渋谷をまじまじと見た。

わずかに顔を引きつらせながら「行こうか」とだけ言った。

渋谷の顔の半分は白いガーゼで覆われていて、それでもどう見ても男だから、父さんが何を言おうとしたかは想像がつく。

俺は先に後部座席に座ると、クッションを奥に押し込んで渋谷を中に引き入れた。渋谷は運転席の父さんを見てからわずかに頭を下げた。

「お世話になります」

「渋谷君、だっけ」

「はい」

「君、国春にプロポーズされた？」

渋谷はその場にそぐわない言葉に首をかしげた。

「……くにはる？」

「ええと、君の横にいる俺の息子なんだけど」

「されてないです」

「だよね。いやいや変なことを聞いて悪かったね。下の名前も知らないような相手にプロポーズされるとか普通ないよね」

父さんは明らかにほっとしていた。俺は、あれってプロポーズにカウントされてないんだと知って、がっかりした。ひょっとして記憶にすらないのかもしれない。

渋谷は少しだけ訝しげに眉を寄せて俺に囁いた。

「なんの話だ？」

「ごめんな。父さんちょっと変なんだ」

父さんの顔がミラー越しに引きつった。

「それよか、ほっぺたおそろいになったな」

指差して笑いかけると、ちらりと俺を見たけれど、話すのも面倒だと思ったのか黙り込む。

渋谷は痛み止めの薬が効いているのかすぐに眠ってしまった。こてんと俺の肩に頭を乗せて車に揺られている。制服のシャツには血がついていて、少し黒ずんでいた。

俺のを貸してあげればよかったと思ったけれど、俺のも雨と汗でべたついていた。

ガレージに車を止める時、隣に母さんの車があるのを見て父さんは弱り切った声で「国春。とりあえず母さんに恋愛相談するのはちょっと待ちなさい」と言った。

「うん」

「渋谷君は寝ているのか」

「起こすの可哀想なくらいぐっすり」

父さんは後部座席のドアを開けて、寝ている渋谷を抱き上げようとしたけれど、それで彼はびっくりして飛び起きた。

傷に響いたのかうめくように腹を押さえた。ぼんやりした目で俺を見る。

「俺んちだよ。起きて歩ける？」

こくっとうなずくので、背中に腕をまわして抱き起こした。もうこのまま抱きあげたいと思ったけれど、渋谷はいやそうだったので手を貸すだけに留めた。

家に入ると母親は珍しく玄関まで出てきた。

「ただいま」

「あなた、ちょっとなによあの留守電！　なにがあったのかまったく要領を得ないんだけど」

「母さん、こっちが渋谷」

俺の腕につかまっていた渋谷は、ぱっと手をはなした。

母さんの視線を感じて汚れた服に目を落とし、ぎゅっと胸のあたりをつかんで少しだけ俺の後ろに隠れるように身体を寄せる。

「すみません」

強張《こわば》った顔で挨拶する渋谷を見下ろして、母さんは一瞬でよそいきの顔を作るとにっこり微笑んだ。

「こんばんは。大変だったみたいね。どうぞ上がって。この子の部屋に布団を用意したから今夜は早く休みなさいね」

父さんが「ええ!?」と声を上げると母さんはじろりと睨んだ。

「なんであなたが騒ぐのよ」

「ええと、同室っていうのはどうかなあ。客間もあるんだからそこに泊まってもらったほうが落ち着いて眠れるんじゃないのか？　国春の部屋なんか散らかっているだろうし」

「客間の掃除だってしてないわよ」

「この間、ハウスキーピングしてもらったから大丈夫だよ。渋谷君もそれでいいかい？」

急に話が戻ってきて、渋谷はまたこくんとうなずいた。

「お世話に、なります」

「いらっしゃい。おなかはすいてる？」

「大丈夫、です」

落ち着かない様子の渋谷は、母親に連れられて家に上がった。

「お風呂沸かしてあるから使いなさい。国春、あんた着替え貸してあげなさいよ」

「一緒に入る？　傷に染みるかな」

渋谷は「……腹、ちょっと縫ったから風呂には入るなって言われた」と、小声で答えた。

バスルームへ案内すると渋谷はぼうっとしていた。フェイスタオルと着替えを渡す。

「身体を拭くくらいはできるよな。左腕あがらなかったら拭くの大変だろ。俺が拭いてあげようか？」

ぎり、と睨まれたので先に脱衣所を出た。リビングに行くと母親が待っていた。

「まず、その顔の怪我は何なの」

優雅にソファで脚を組んで、目の前に座るように指差される。父さんはさっさとキッチンに避難していた。きっと余計に時間がかかるメニューを選んだに違いない。

諦めて向かいのソファに座る。

「これは全然関係ないよ。喧嘩しただけ」

「じゃああの子は？　顔より身体の怪我のほうがよっぽどひどそうだったけど…お父さんから警察に呼ばれたって聞いたけど、まさかあんたがやったんじゃないでしょうね」

警察のことまでは言わなくてもいいんじゃないのかな親父、と思ったけれど、もう面倒なのですべて話すことにした。

渋谷が父親に虐待されていたこと。一緒に住んでいた人が父親に暴力をふるわれて入院していること。父親は捕まってしまって行き先がないこと。

だからしばらくうちに置いてほしいと頼むと、「だめよ」と即答した。

「母さん」

「犬や猫じゃないの。可哀想だからうちに置いてあげるってわけにはいかないでしょう。あんたももう高校生なんだからそのへんのことはわかるわよね」

「わからない」

「国春！　ちょっとお父さんも黙ってそこで聞いてないでなんとか言ってよ」

「え？　あ、パスタのソースはなにがいいかな」

「渋谷に聞いてくる」

「待ちなさい！」

母さんは綺麗に手入れした指先で、こめかみを押さえた。反対側の手をひらひらさせて、もういちど座れとジェスチャーで伝える。

「長くても一週間よ。いい？」

「母さんかっこいいなー」

「その間にどうにもできそうもないと思ったら、わたしがかけあうから、早めに言ってちょうだい」

「はい」

「あんたいつも返事だけはいいのよね。返事だけのくせに」

母さんは眉をひそめた。

「俺ってそんなに迷惑かけてた？」

「かけてないわよ。普段から嫌な子だったら許さないわよこんなこと」

「でも俺、渋谷とずっと一緒にいたいんだ」

父さんが大きな音を立ててテーブルに食器を置いた。俺を見ると、「国春、お父さん食器並べてるからパスタをあげてきてくれないか」と言った。

「ちょっと、まだわたしの話の途中なんだけど」

「うん、冷めてしまうから、話の続きはご飯食べてからにしようよ千春《ちはる》さん」

父さんは無駄にいいと言われている顔で、にっこりした。

パスタをお湯からあげていると、渋谷がキッチンに顔を出した。髪から水が垂れている。申し訳なさそうな顔をしているので、火を止めて廊下に出た。

「洗えた？」

肩にかけていたバスタオルで濡れた頭を拭いてあげると、渋谷は素直に俯いてきゅっと目をつむった。

薄手の長そでの服は少し大きかった。短パンはひもで調節できるものを用意したけれど、それでもすかすかした腹には大きかったようだ。

すらっとしたひざ下は白くて、なんだか感動してしまう。渋谷が俺の家にいて俺の服を着ているなんて。

ほおのガーゼが濡れていたので、やっぱり洗いづらかったのだろう。後で替えてあげよう。

首に飛んでいた血のあとは綺麗になっていたけれど、首の痣《あざ》は他が綺麗になると余計に目立った。

「迷惑かけて悪い」

渋谷はぼそっとつぶやいた。それで全部の元気を吐き出してしまったみたいに、薄い肩が落ちた。

「助かった」

「うん」

「ちょっと国春、パスタはまだ?」

母さんの声がして、「今行くよ」と返事をした。

「渋谷、パスタは何味が好き?」

何を聞かれたかわからないように首をかしげるのを見て、「じゃあトマトにしようか。トマト好きだもんな」と言った。

困った顔をした渋谷はもごもごとくちを動かした後、「うん」と答えてそれで今日初めて少し笑った。それで俺はワクワクしてきた。好きな子と手を繋ぐ時みたいな気分だった。


生徒会室のドアを勢いよく開く。

「倉敷、相談にのって!」

びっくりした顔の会長と渋面の倉敷はソファに座り、朝から優雅にクロワッサンを食べていた。朝食を食べ忘れて学校にきた俺は、それをひとつつまむ。

手作りのそれは塩味のバターがきいていて、売っているものよりずっと美味しかった。

「うまい！　じゃなくてそうだけどそうじゃなくてもっと大事な話があるんだよ。俺と渋谷、どうやったら結婚できると思う？」

ガシャンと音を立てて会長が紅茶をこぼした。倉敷が無表情で「大丈夫か？」と尋ねた。

「あ、う、ううん。え？　うん、だいじょうぶ。僕は大丈夫」

「いい、梶はじっとしてろ。俺が拭く。これ以上こぼされたら困る」

倉敷が身を乗り出してこぼれた紅茶を拭いた。結婚式の引き出物みたいに、エレガントな刺繍のほどこされた台ふきは、意外にも吸水がいいようだ。

ソファに座りなおした倉敷は、会長の横に座った俺に目を向けた。

「渋谷は一緒に来なかったのか」

「うちに置いてきた。昨日、いろいろあったからまだ寝てる」

「うちに？」

「そう、今あいつ俺んちにいるから」

ふーん、って空気が漂った。俺はといえば、俺の家に渋谷がいるってことをあらためて思い出してにやにやしてしまった。

客間で寝ている渋谷は疲労の色が濃くて、髪をなでても起きなかった。うっすら開いたくちに痛み止めの薬をねじ込んで水を飲ませた時の興奮を思い出す。

これを放置していくなんて、俺はなんて贅沢者だと後ろ髪を引かれながらも、渋谷が起きたら病院に送ってくれと父さんに頼んで家を出てきた。

「よ、ヨーロッパにパートナーシップ法ってあるよね」と会長が声を絞り出した。

「なにそれ」

「日本の法律では男同士は結婚できないぞ。海外に行け」

「でも俺、英語しゃべれないけど海外で暮らせるかな」

「それくらいなんとかしろ。言葉の壁くらい、男と結婚したいなんて酔狂な夢を叶《かな》えるよりずっと楽だろ。梶、ヨーグルトがこぼれている」

「え、ああごめん」

倉敷が取り出したブルーのハンカチも綺麗に折りたたまれていて、会長のくちもとを丁寧にぬぐう。窓からの光は明るくて、なんだか平和の象徴っぽい。

俺もこういうことを渋谷としたい。恋人でもなんでもない生徒会役員同士にすら負けていては、結婚は遠い遠い未来のような気がしてくる。

「はい！」

「高井君どうぞ」

「俺、生徒会辞めてもいいですか」

会長より先に倉敷が「辞めてどうするんだ」と言った。

「学校も辞める」

「ええ？」

会長が絶望的な顔をした。マーマレードのジャムがココットごとサラダの上に落ちた。

「中卒で渋谷を養っていけるのか」

「わかんねえけど、なんとかなる気がする。渋谷がいれば俺はしあわせだし」

「夏だな」

「退学届ってメモ帳でもいいのかな」と机の上のメモ帳にさらさらと退学届と書いて、次のページをめくる。会長が素早くそれを破って部屋の隅に放り投げた。

「ちょっと、倉敷も止めてよ。勢いで本当に学校辞めちゃったらどうするんだよ」

「せめて退学届くらい漢字で書けないのか」

「倉敷代わりに書いてよ」

「待って、待って。だいたい、渋谷君はどう言ってるの。一昨日の様子じゃ全然高井に興味ないみたいだったけど、学校辞めることは知ってるの？」

学校を辞めて一緒に暮らそうと言われた渋谷を想像したけれど、怒られそうだったので言わないのが正解だ。

その日の授業中、父さんから電話が来て、渋谷がいなくなったと言われた。

病院まで車で送ってくれた高井の父親は、また夕方迎えにくるよと言って先に帰った。人のよさそうな雰囲気が高井とよく似ていた。

じいさんの意識はまだ戻らなかった。本当はじいさんが起きるまで待っていたかったけれど、顔を合わせたらきっと怒られるだろうと思ったので手紙を書いた。

施設に入るので俺のことは心配しないでください。お世話になりました。

本当はじいさんに学校に行くように言われたこととか、畑で手伝いをしたこととか、それからじいさんが引き取るといって俺を連れ帰ってくれた日のことなんかを書きたかったけれど、どう言葉にしたらいいかわからなかった。

手紙は看護師に預け、もうここには来れないから目が覚めたら渡してほしいと伝えると、以前、俺のことをじいさんの孫だと勘違いしていた看護師は、微妙な顔でそれを受け取ってくれた。きっと、事件の話を聞いたのだろう。顔の傷がずきずきと痛んだ。

病院を出ると、じいさんの家に向かった。玄関は不用心に開け放たれていて心苦しくなる。学校指定のカバンがぱんぱんになるまで服を詰めると、それ以外の俺の持ち物は財布くらいだということに気づいた。

古くなった畳の上に点々と血のあとが残っていて、じいさんの娘がこれを見たらどう思うか心配になった。

床に落ちていた電話を棚に戻して番号が書かれた紙を手に取る。そこには全国の児童養護施設の住所も一緒に記載されていた。片っ端から電話をすると、今から行ってもいいと返事をくれた施設は岡山にあった。

入所する予定だった近隣の施設は検討していなかった。もっとずっと遠くに行かなくてはいけない。

家には鍵をかけて、鍵はポストの中に入れておく。じいさんが出かける時よくそこに鍵を入れていたので、俺は不用心だなと言っていた。

タクシーがつかまるような場所でもないので、最寄りの駅へ向かう。昨日のどしゃぶりが嘘のように、からりと晴れたいい天気で、どこまでも歩いて行けそうな日だった。

ホームで電車を待つあいだ、制服姿の学生が携帯を耳にあてて、楽しそうに話しながら歩いていた。同じ年くらい。声が少しだけ高井と似ていたから目が追う。そうしていたら、隣に人が立って俺の視界をさえぎった。

「渋谷君」

高井の父親だった。

「えーと。どこへ行くのかな。うちに帰るなら逆方向だよ」

ああ、声はもっと高井に似ているんだな。さっきまで見ていた高校生の声なんて、もう全然違って聞こえた。

高井の父親は首の後ろに手をあてて視線を泳がせ、俺とは目を合わせなかった。電車から降りる人の邪魔になった。

「行こうか」と手を引かれる。

暖かくて骨ばった手で、控えめな握り方が高井とは似ていなかった。

頭の後ろの髪が少しはねていて、そこが気になるのかまた空いている手で押さえるような仕草をした。

さっき買ったばかりの東京駅行きの切符を、誰もいない駅員用の窓口に返して通りすぎる。階段を降りたところに車がとめてあった。促されて助手席に乗る。ふう、と息を吐いた彼は、ダッシュボードの上の煙草を手に取った。

「吸っていい？」

こくりとうなずくと、彼は煙草をくちの端に挟んで火をつけた。高そうなジッポを擦るのは絵になっていた。ふわりと煙を吐く。

「そう。少し様子がおかしいかなと思って、それで病院の駐車場で待っていたんだよ。そうしたら徹夜続きだったせいか眠ってしまってね。看護師さんに聞いたら君が『もう来ない』って言ってたというから、それで慌ててこのあたりを探しまわったんだ」

「すみません」

「うん、それはいいんだ。俺がちょっと早とちりをしていて、君がおかしなことを思いつめてなきゃいいなと思っていたから」

俺は首をかしげた。

「俺、死ぬつもりはありません」

「うん、それならいいんだ。いや良くないのかな」

「死ぬのは怖いから絶対しません」

「うん？　そうだね」

少し困った顔で俺を見た。

「それでうちを出ていく理由はなんだったのかな。君のいないところで勝手に一週間くらいはうちで暮らしてもらおうかと思って、奥さんの許可ももらっているんだけれど。もちろん国春は大喜びだよ」

「煙草もらっていいですか」

「え」

彼はびっくりして、それから煙草を一本渡してくれる。火をつけてもらった。ひどいめまいがしていたのが、少しだけ落ち着く。

それでも高井の父親と一緒に煙草を吸っているこの状況が、どうしても現実のことだという気がしなかった。

「行くあてはあるの？　ご両親はいないんだよね」

「施設に電話したら、今日から入所できるそうです」

「そう。でもね、きっと君を黙って見送ったら、俺は息子に恨まれるだろうな。怪我もまだ治っていないし、一週間だけでもうちでゆっくりしていかない？　それとも同級生の家で世話になるのは気がひける？」

「いえ。感謝しています」

「まわりくどく聞くのがうまくないから聞いてしまうけれど、息子になにかいやなことをされて一緒にいたくないとか、そういうことはあるかな。あいつこうと決めたら頑固で、バカなことをすることがあるんだけれど、迷惑かけたりしてない？」

「高井とは付き合ってません」

「あ、そう。そうごめん。ああ心臓に悪いなあこの話題」

「俺いろいろあって、高井はそれに同情しただけなんです。俺も弱ってたからあいつを巻き込みました。たぶん高井がふつうに生きていたら経験しないようなことが起きたから、あいつは熱にあてられたみたいになってるだけです」

「うん？」

「高井は優しいし、困っているやつを放り出せないだろうと思ったので、黙って出てきました。お世話になったのにご挨拶もなくてすみません」

「うん。いや、それは、うーん」

どうかなあと、ぶつぶつ呟いてハンドルにもたれた。

「君、しっかりしているなあ。昨夜はずいぶん線の細い子だと思ったのに」

「昨日は……俺も、混乱してて」

正直いって、高井の家についてからのこともよく覚えていなかった。ただずいぶん広くて綺麗な家だなと思った。

いいにおいがして、俺にとったらあのうちはおとぎ話みたいな場所だった。

高井はこういうところで生活しているのかと、あらためてそのことに気がついた。

「ああでも、君が病院で女性に謝っているところは見たよ。ずいぶんかっこいい女の子だなと思った」

「女に見えましたか？」

「なんでだろうね。先入観って怖いよなあ」

ふわふわした煙で車内がくもる。彼は、奥さんに怒られてしまうと言って、窓をあけて空気を逃がした。かわりに外の熱気が入ってくる。

「息子はね、君が好きみたいなんだ」

「それは」

「親バカに聞こえると思うんだけど、ちいさい頃からカンの鋭い子だから。たぶんそこは間違えたりしないと思う。というかね、君のいう熱射病みたいなのは、たいてい恋というんじゃないかな。結局、同情も愛情も違いはささいだと思うんだけど」

「吊り橋理論を地でいっていてもですか」

「ん？」

「危険な目にあったことのある俺を通して、あいつは吊り橋の上にいます。恋と同情は全然違うものです」

「それは国春が見ている幻覚が、ぱっと消えてしまうのが怖いってことかな」

「俺が怖いのは、高井をずっと吊り橋の上にいさせることです」

「どうして」

「あいつには似合わないから」

くちが滑った。自分のミスなのに誘われたようで悔しく思う。

でも高井の父親らしく、ゆっくりと煙草のけむりを窓の外に吐きだして、「むつかしい話は苦手なんだ」と少し笑った。

「吊り橋理論って、吊り橋の上にいればずっと錯覚で恋ができる、という例えじゃないよね」

「わかりません」

「ん？」

「俺は恋とか知らないから、本当はなにが間違いなのかわからない。でも高井が俺みたいなのに巻き込まれて、暗いどろどろしたそういうのにふれるのはいやだ。俺のまわりはそういうものしかないし、俺もきっとそうだから、好きだなんていう綺麗なにかと勘違いしていたらだめなんです」

一息にそう言う。彼は驚いて動きを止めた。体中の水分がひからびてしまったようにのどが渇いた。

朝早くに、うとうとしていたら近くに人の気配がした。高井がベッドに腰かけているのがわかった。

俺のほおに手をあてた。体温を確かめているようで、するりとそこをなでた。俺をいつくしむ、みたいな仕草だった。

目を開けたらまずいと思った。おかしなことを言ってしまいそうだった。

高井が出ていくまでじっと寝たふりを続けて、部屋のドアがしまると頭が痺れたように動けなくなった。かなしかった。ほっとして涙が出ることがあるってことを初めて知った。

一緒にいないほうがいいと、バーの片隅でキスされた時よりもずっと強くそう感じた。

俺たちは風でぐらぐらゆれている吊り橋の上にいる。橋の下はきっと地獄だ。

乗客は少なくて車内は静かだった。電車の走り始めた音だけが響く中、俺はやることもなく、ガラス窓にもたれて夜になりかけた景色を眺めていた。

「渋谷も携帯持ちなよ。連絡取れないとこういう時に困るだろ」

当たり前みたいに高井が言った。空いていた隣の席、高井はそこに置いてあった俺のかばんを避けて、腰をおろすと足を投げ出した。

「あー走った。車内販売ってこの時間もあるかなあ」

「なにしてんのおまえ」

「は?」

高井は困惑してる、って言いたげな目を向ける。それはこっちの台詞だ。

「渋谷を探しにきたよ」

「なんで電車乗ってんの?」

「え、なんだろう、勢い? あ、渋谷だ、って思ったら乗っちゃったから俺にもよくわかんねえ。まあ会えたから良かったよな」

高井があまりにあっけらかんと言うので、びっくりしすぎて声にならなかった。タイミングよく入ってきたワゴンカーを見て、高井は手を挙げて車内販売でお茶を買う。俺を振り向いて、「渋谷も飲む?」と尋ねたけれど返事もできなかった。

「あ、さっき切符買ったから金ないや。渋谷、後で返すから貸して」

高井はひとのカバンを勝手に持ち上げた。外側のポケットに突っ込んだだけの財布を抜いて、「不用心」と笑った。俺の前の椅子の背から手際よくテーブルを引っ張り出して、パンとみかんと弁当を置いた。そういうテーブルが備え付けられていることを俺は初めて知った。

「駅弁って冷え冷えなのにうまいよな。電車乗ると食べたくならねえ？　高いから半分こな」

「ひとりで食べれば」

「顔白いよ。それ以上痩せちゃったらどうするんだよ」

「黙って食ってろ」

ひとりにして欲しい。無理なら静かにして欲しかった。脱力感に苛《さいな》まれる。嫌な夢を見て目が覚めた時みたいだった。それくらい平和だった。

高井はペットボトルのお茶をごくごく飲むと、かっちりと弁当に十字にまかれたピンクのリボンを器用にほどいていく。小さめの割り箸をぱちんと割った。それから思い出したように、あ、と声をあげた。

「その前にキスしていい？」

「……は？」

「から揚げ食った後でしたらくち臭いって怒られそうだから。そういうのちょっとショックだし」

うつろな目でバカを見た。していいってことじゃなかったけれど、ちゅっとくちづけられたので、本当にもう力が入らなくなった。

「はは、渋谷ヤケ起こしたみたいな顔してる」

「みたいじゃなくてそうなんだよ。じゃなきゃ誰がおまえなんかとキスするか」

「まわりに声聞こえるよ。俺は別にいいけど」

それで俺を黙らせたつもりなのか、高井は弁当を手に取った。

「渋谷も食べる?」

返事もしていないのに、くちもとに四角のコメが差し出される。冷え冷えで木のようなにおいがして美味しくないと思ったのに、もっちりしたその感触に妙に腹が減ってきた。

高井の横で飯を食べていると、ここは新幹線の中なんかじゃなくて学校の屋上のような気になってくる。

「おまえ怖いものとかないの」

「怖いもの?」

「俺が見つからなかったらとか、勢いで電車に乗ったけど見間違いでしたとか。俺が怒っていますぐこの電車からおまえを突き落としたりとかそういう展開」

「新幹線ってデッキとかないから突き落とせないんじゃねえ?」

「例えだよ」

「たぶん会えるだろうなって思ってたから怖くはないよ」

「なんだよその根拠のない自信は」

「一、東京駅までの切符。二、東北方面はない。三、とっさに嘘をつく時は隠したい場所の周辺を答えてしまう、だって」

俺は少し考えてから、「……なんだそれ」と言った。高井はにやりとする。

「父さんの推理。それで東海道新幹線だろうって」

「え、じゃあ東北方面の新幹線の切符なら東京近郊の駅で買うと割引って嘘なの？」

「東北新幹線以外も全線、最寄りの駅で買えばちょっと得だよ。ＪＲ乗り継いでるってことだから」

よくわからなかった。とりあえず、東北には行きません、広島なので割引はないですねってとっさに嘘を答えたのはおぼえていた。

「おまえの父親って変じゃねえ？」

「昔、ミステリー作家だったからかなあ。くだらない嘘とか見破るのもつくのも上手いよ。全然売れてなかったから恋愛小説書くようになっちゃったけど。まあでもそんだけわかれば十分。俺、勘はいいほうだから」

もぐもぐしながら高井は理由にもならない答えをくちにした。

「ちょうどホームに新幹線来てたから焦ったけど。停車時間ものすごい短くない？」

でもそれだって、俺が切符を買うのにもたもたしなかったら間に合わなかったかもしれない。新幹線に乗るのも大きな駅を使うのも初めてじゃなかったら、もっと早く離れることができていた。呪いみたいだと思った。

「昨日、うちにきたのも勘なの？」

「あれは病院でおまえと別れた後に所長の眼鏡を預かって……あ、やべえ眼鏡！」

急にシャツの胸ポケットを探って、「しまった、昨日の服、洗濯機だ」と珍しく絶望的な顔をした。

「うわ、失敗した。母さんにメールしたら間に合うかな」

携帯を取り出した高井に、「勘だって外れることもあるだろ」と尋ねた。高井は画面から目を離さないで答えた。

「うーん、どうだろ。後で止めときゃよかったって思ったことあんまりないから、きっとすごい失敗しないとわかんねえのかも」

「どうみたってこれが失敗だろ」

「そう？　俺、駆け落ちみたいでわくわくしてる」

「男同士で駆け落ちってのがすでに失敗じゃないのか」

「俺は行けるなら今すぐおまえと海外に行きたいよ」

なんで海外。ハネムーン？　とか考えをめぐらせて自分のアホさ加減が嫌になってきた。高井の発言なんていつも俺を動揺させるだけで、たいして意味のあることじゃない。

「帰ったらパスポート作らないと」

「俺もパスポート持ってない」

「じゃあふたり分作ろう。あ、父さんにも連絡しとこ。渋谷に会えたって」

高井は片手でメールを打ちながら嬉しそうに笑った。俺もつられて笑った。

「おまえどこまでの切符買ったの」

「京都。次の駅どこかわかんなかったからとりあえず京都とか楽しいかと思って。俺、祇園《ぎおん》祭っていってみたいんだけどあれって何月だったたっけ？」

「京都行ったことない」

「ほんと？　小中の修学旅行はみんな京都・奈良だと思ってた。京都行ったことないとか珍しくない？」

「俺の中学は九州だったけど」

「へえ、この新幹線、終点は博多《はかた》だって。渋谷は九州まで行くの？」

「教えねーよ」

「いいよ、別に。ついて行くから」

そんなことできるわけがない。俺は「へえ」と鼻で笑った。あと一駅か二駅か、それくらいの我慢だ。うとうとしてくる。腹がふくれたら眠くなってくるなんて動物みたいだ。

「俺、九州って行ったことないから、渋谷が案内してよ」

九州はたしかに中学の修学旅行先だった。俺は参加していなかったけれど。どんなところかなと思い描く。でも俺はその前で降りる予定だった。

「九州には行かねえよ」

「じゃあそれはまた今度な。約束」

椅子の上に置いた手に、てのひらを重ねられた。高井は俺の手の指の間に指を絡ませ、きゅっと握りしめた。頭がぼうっとした。高井の肩の上に頭をのせてもたれかかった。

くっついているのは熱かったけれど、クーラーがきいていたからちょうどよくなった。

「渋谷熱い。ちゃんと薬飲んだ?」

病院でもらった薬を持ってくるのを忘れた。朝、高井に無理やり飲まされて以来だから、とっくに痛み止めは切れていた。あとは炎症とか化膿《かのう》止めとか。

「えーこのカバン着替えしか入ってねえよ」

どうせ三時間くらいで着くんだから寝てればすぐだ。そう言ってやりたかったのに眠くて仕方なかった。

ふいに隣から気配が消えて、俺はうとうとしていたのに目が覚めてしまった。空調から吹き出た風がほおをなでる。

暗い窓ガラスには俺の姿しか映っていなかった。幻覚でも見ていたのかと疑って、空いている隣の席をぺたりとさわった。温かい。高井にもたれていた時はなんともなかったのに、左肩とわき腹がずきずきと痛み始めた。

頭を通路に出す。乗客なんか誰も乗っていないみたいに、通路は静まり返っていた。

後ろのドアから車掌が入ってきて切符を拝見しますと声がしたので、それで少し車内に人の気配がもどった。

「何してんの」

顔を上げると高井がいた。細長いアルミのフィルムを指でつまんで、ぴらぴらと振る。白い錠剤がワンシート並んでいる。

「鎮痛剤もらってきたよ。隣の車両に親切なおねーさんがいたから助かった」

「高井」

「寝っころがる？　膝枕してやるよ」

バカじゃねえのって言おうと思ったけれど、ほらこっち頭にしてってって言われて気づいたら膝枕をしてもらっていた。

「切符。見るって」

「財布だろ。いいよ、俺が一緒に見せておくから。ほらくちあけな」

顔の横でぷちぷちと音がした。くちに入れられた錠剤ごと、高井のてのひらもなめてしまった。お茶の残りで薬を飲み干すと冷たくて美味しかった。

高井は制服で俺は膝枕してもらっていて、ふたりともほっぺたにガーゼを貼っていた。さぞかし奇妙に映っただろうに、車掌は高井の「弟が具合が悪くて」という言葉に心配そうに答えた。なんだよ弟って、とおかしく思ったけれどそこで記憶が途切れた。

『博多』と書いてあった。それはもう見間違いじゃないくらいくっきりとした文字で、緑のラインの入った看板をふたりで見上げて、高井は「やっちゃったな」と笑った。

俺は笑えなかった。頭は痛いし肩は痛いし腹はじくじくしているのに、上りの最終電車はもうなかった。

そもそも乗り越し分を精算したら財布にはもう金がない。駅前のビルの上に広がる空は真っ暗でしかも少し寒かった。九州って暖かいと思っていたのに。

柱にもたれていると、コンビニから戻ってきた高井が、「おまたせー」と能天気に言った。白い袋を片手にぶら下げてコーヒー牛乳を飲んでいる。

「コンビニにATMあって良かった。もう銀行もしまってるもんな。あとこれ夕飯な」

「……なんで金下ろしたのにコンビニ飯なんだよ」

「え？　だって金無いし」

ATMなんか潰れちまえ。それよりケロッとしている高井をぶっ潰したかった。こんなやつに期待した俺が、バカだ。

「帰りのチケットは？」

「それは買えた。こっち渋谷のな」

手渡されたのは、ちゃんと岡山までの切符だった。高井の分は東京までだろうなと確かめたく思ったけれど、墓穴を掘りそうなのでやめた。広い通り道にしゃがみ込んでおにぎりのラップをぺりぺりとはがした。

「えーツナマヨ？　ご当地おにぎりも買ったのに」

「一個でいい」

「海とか行きたくなってきた」

「ネットカフェに入る金くらいならある？」

「んーカラオケくらいなら。もうフリータイムはじまってるから朝までいられるな」

「じゃあそれでいい」

カラオケに行くのは初めてだったが、歌いに行くわけではないから座れるならどこでもいい。とにかく身体がだるかったので座りたかった。

平日の夜で空いていたせいか通された部屋は広く、思ったより綺麗だった。なんのためなのか部屋は薄暗い。

L字型のソファに腰かける。アーティストのインタビューを流しているテレビをぼんやり眺めていると、高井はさっさと部屋から出てフリードリンクの飲み物を持ってきた。

「渋谷、コーラとウーロン茶どっちがいい？」

「お茶」

高井は俺にお茶のコップを渡すと、「あとまあとりあえず、服脱いで」と続けた。コップに入ったお茶をこぼしそうになった。高井はワクワクした顔で俺の肩を指さした。

「さっき包帯買ったから替えてやるよ。肩じゃ、自分でできないだろ」

「結構です」

「まあまあ遠慮せず。傷口拭いて薬だけぬったらエロいこととかしないから」

「おまえほんとに死ね」

ソファの端まで後ずさって体育座りすると、高井はケチとくちをとがらせた。高井がテーブルに置いた袋を引っ張った。本当に包帯とテープと湿布が入っていた。

高井は分厚い本を取り上げると、ひざの上に置いてぱらぱらとめくった。渋谷に捧げるあいのうたが歌いたい！　と騒ぐ。朝早くから学校に行って、もうとっくに夜中なのになんでそんなに元気なんだ。

そうか一緒に寝こけていたからだな、と思いつく。乗り越し精算をした時の、駅員の気の毒そうな顔が脳裏にちらついた。

高井の横にカバンを置いて、頭をのせて仰向けに寝転がった。部屋が薄暗いせいか、だまっていると眠気が襲ってくる。

「なあエロいことってなに。どういうことすんの」

「は？」

マイクを通した高井のひっくりかえった声が、キィンとこだました。

うっさい」

「えーえーえーだって渋谷がエロとかいうから動悸がやばい。俺がことこまかに説明しているあいだに興奮して押し倒しちゃったらどうすんだよおまえ。責任取れるの？」

「なんで俺に責任があるんだよ。その場合取るのはおまえだろ」

「えーうわーそれもドキドキする。渋谷に聞かせてやりてえ」

ごそごそとなにかぶつかる音がしたくらいで、マイク越しの心臓の音は聞こえなかった。高井もすぐに諦めたけれど、片手で確かめるように胸を押さえていた。

どうやら本当にびっくりしているようだったので、心臓の音くらい聞いてやっても良いなと思った。いつも飄々《ひょうひょう》としているから、動揺させるのは気分が良かった。

「俺、寝るから時間になったら起こせよ」

「うわ。言い逃げひどい。歌わなくてもいいからせめて一緒に起きててよ」

手の甲でするりと目の縁をさわられたので手で払いのけた。嫌々ながら目を開けると、高井はなんだか優しい目をして俺を見下ろしていた。

「明日さ、病院行こうな」

「たいしたことねえよ。眠いだけ」

「うん。ああ渋谷かっこいいなあ。ずっと一緒にいたい。映画とかでさ、駆け落ちって最後あんまりいいことにならないんだよ。連れ戻されて別のやつと結婚させられたり、ふたりで雪の中で死んじゃったりするんだ」

「おまえ金ねえしな」

「いまそれすげえ反省してる。夏のあいだに遊びまわらなきゃよかった。まあでも渋谷が一緒に逃げてくれるんだったらさ、そこはそのうち銀行強盗とかして？　それで田舎の一軒家でも借りて、でかい犬とかがいる暮らし？」

鼻で笑う。

世界が子ども向けの番組みたいに、ハッピーエンドだけでできていたら良かった。けれど実際はただの高校生ふたりではなにもできなかった。俺たちにできることなんて、せいぜい一夜限りのあいのうたを歌うくらいで、朝にはお互いのいるべきところに戻ることが決められていた。

ポケットに入れた岡山行きの切符を少しだけ恨めしく思う。高井が俺と一緒にいたいと思うなら、そんなものくれなくても金ねえしって言えばいいのに。

「どーせ最後だから、エロいことしとくか？」

今度こそ高井は黙って、それで俺は嬉しくなった。もっと困ったらいい。俺の言葉で高井が困ったら嬉しい。明日には、二度と会わない同級生に戻っているのが悔しかったので、ひどく意地のわるいことを考えた。

ゴン、とマイクをテーブルに置く音がしたので、俺は目を開けた。

「それ本気、じゃないよな」

「当たり前だろ」

「うん、でも俺は本気かなって思ったしキスしてしまった」

それで顔が近づいてきたので本当にキスしてしまった。

もうどうにでもなれ。高井の襟元をつかんで引き寄せる。ふれるだけのキスは短いけれど熱くて、高井はとても近い距離で、「渋谷、息も熱いよ」と囁くように言った。

「もう会えないって思ってる？」

「そうだよ。だから好きに思い出作っておけば。責任取れとか女みたいなこと言わねえから」

嫌味に聞こえたかもしれない。

高井と一緒に屋上で昼飯を食べたこととか、多恵のバーで試作カクテルを飲ませて潰したこととか、キスされたこととか、じいさんちで一緒に寝たこととか、場違いだけれどそういう手紙を書ければ良かったなと思った。

俺だけ何年もこの嘘みたいな夜のことを覚えていて、それで高井は馬鹿だからすぐに忘れて穏やかな生活に戻ってしまうのが寂しかった。

痛くないほうの腕を高井の首にまわした。ぞっとする。自分のことを汚く感じた。服をつかもうとしたけれどどうまくつかめなかったので、あれ、と思った。指先が震えておぼつかなかった。

られる。

「しねえの?」

「泣きそうな顔で言われると、よけい興奮する」

てのひらが身体をなぞるのは気持ちのいい感覚ではなかったけれど、なるべく顔に出ないように気をつけた。密着した身体が冷たかったので、俺は少し悲しくなった。もう一度くちづけられる。

「くちあけて」

電車でした冗談みたいなのと空気が違っていたので、正直に言っておののいた。逃げ出そうとしたけれど、ほんの少しの隙間しか残っていなかった。奥歯まで噛みしめたくちに、高井が諦めたようにくちづけた時、身体が震えた。

てのひらが腹の傷にふれると、痛みと緊張がないまぜになって背筋がびりびりと震えた。

それはやめろって、言うつもりだったのに声になっていなかった。くちの中にたまったつばを飲み込んだら、ますます声はのどの奥に沈んだ。

あの気持ちに似ていた。そんなはずないって思いつきを打ち消したけれど、薄汚い部屋で父親をやりすごそうと思っている時に似ていて恐ろしかった。

「傷が痛む?」

傷のことなんて頭から飛んでいたので、のろのろと首を横に振った。腰をつかまれる。ふれられたそこだけが熱くて妙に生々しかった。腰骨を確かめるようにゆっくりとキスを落とされる。

「高井」

「ん？」

しっかりと俺の顔を見て、高井は「え、なに。やっぱり痛い？」と驚いた。

よほど切羽詰まった顔をしていたのか高井は飛び起きた。俺の目をのぞき込んで「泣くなって」と困ったように言った。

「俺、渋谷の泣きそうな顔は興奮するけど、本当に泣いちゃってるのは駄目だから。可哀想になっちゃうから泣くなよ」

バカみたいなことを真面目な顔で言うので、申し訳なくなった。

「怪我してるのにごめんな」

「違う」

すう、と声が途切れてしまわないように息を吸い込んだ。

「そうじゃなくて。俺こういうの、こういうさわったりするの、駄目なんだ。たぶん一生だれともできない。おまえだったらできるかって思ったけど違った。騙すつもりじゃなかったけど、ごめん」

高井は虚をつかれたように俺を見て動きを止めた。

壊れそうなものをそっと置くみたいに、俺のほおから両手を離して、ソファの上にそろえておいた。それからゆっくりぱちんと瞬きして、言われた言葉の意味を、頭の中で探しているみたいだった。とてつもなく長い沈黙だったように思われた。

高井がぽつんと「好きだよ」と言った。

「え、なんか俺、混乱してる？　言うタイミングじゃなかった？」

そうだよバカ、って叫びたかったけれど俺だって混乱していた。高井は放心したように俺から視線を外し、「なんかいま、渋谷に好きだって告白されたような気がしたから」とほんとうに切なそうに笑った。

「心臓痛くなった」

おまえはバカだよと思った。勘違いだと思ってるなら、どうしようもないバカだ。

淡い明かりの中で、つるっと右目から落ちた粒がソファに染みを作る。大きな黒目が片方だけゆらゆらしていて、高井がぱちと瞬きしたら、まつげにはじかれたみたいにまたひとつこぼれてきたので、俺はびっくりして手を伸ばしてしまった。

高井のそばに落ちた涙は、俺がすくいあげる前にソファに溶けてしまう。

これ以上手を伸ばしたら、高井の指にふれてしまうかもしれない。

「渋谷は信じてないけど、俺は本当におまえが好きだよ。俺ならできるかもしれないって言うから、すげえ感動して泣きたくなるくらいには好きだよ」

そんな告白だけで、ずっと目を閉じてひたいをくっつけた。ふれ合っているところから、も

う本当に終わりなんだってわかって、俺は少しだけ泣いた。

施設は岡山駅から電車を乗り継いで、さらに駅からバスに乗った先にあったので、俺はバス代が足りるかひやひやした。

想像していたよりかさらに建物は小さく、小学生くらいまでの子どもが多かった。園長と名のったかっぷくのいい女性は、昨日から連絡がないから心配したわよと腕をつかんだ。

それから、俺が痛みに少し顔をしかめたのを見て、怪我しているわねと言った。朝早くに現れた俺に驚いて、隣の部屋に隠れるようにさっといなくなった。


てきぱきと包帯を替えながら、市内の病院で臨時の看護師をしていると教えてくれた。園内には三人の職員がいて、それぞれほかの仕事も持っていた。支給される助成金はわずかなもので、とても子どもたち全員を養っていけるものではないという話だった。

事情を説明すると、寝るところと食べるものくらいは心配しなくていいと言われる。でも手が足りないので、園内でできる仕事をやってほしいと言われたのでもちろん承諾した。怪我が治ったら早く仕事を見つけないとなとも思った。

荷物を置いて、子どもたちの何人かが小学校へ行くのを見送る。

さらに小さな子どもたちは庭で遊んでいた。昔、何度かこういうところに預けられたことがあったけれど、俺は子どもの頃から誰かと楽しく遊ぶことがなかったので、どう声をかけていいものかわからなかった。

　掃除でもするかと思って掃除用具入れをあける。雑巾とバケツを持って扉を閉めた。部屋の隅で絵をかいていた子どもが、小さくなったクレヨンを投げつけてきた。

　ひざにあたり、びっくりしてその場に立ち止まっていると、転がったクレヨンを拾いに来る。その子はアルミのバケツにクレヨンをもう一度ぶつけた。粉々になってしまわないか心配になるくらいの強さだ。跳ね返ったクレヨンが男の子のほおにぶつかった。

　この世の終わりみたいに大声で泣き出されて俺はさらに固まった。泣き声に気づいて他の子どもたちが部屋の外から俺たちを見ていた。

「こうちゃんまた泣いてるー」

「なにしてるの？」

　ひとりの女の子がそう聞く。俺が聞きてえよ、と思ったけれどあわあわしてしまって返事もできなかった。別の子どもが落ちていたクレヨンを拾い上げるとバケツに投げ入れた。

　カランと乾いた音がした。こうちゃんは一瞬泣きやんで、それからまたわあんと大声をはりあげた。

　俺は立ち上がってクレヨンの入った箱を取りに行く。

　目の前に置くと、鼻をぐずぐずいわせながら、丸い手で今度は緑をつかんだ。やっぱりそれもちびていて、てのひらにすっぽりとおさまる。

ぶん、と投げられたクレヨンは壁にあたった。こうちゃんはふりかぶりすぎてくるんとまわってしまったので、床にぺしゃんと転んで、ほかの子がきゃっきゃと笑いだす。

次々にクレヨンは持ち出され、子どもたちは自分で決めた距離まで後ずさった。

青とかピンクとか、そういう色とりどりのかけらが飛び交う。バケツはカラカラと音を立てた。園長にモノを粗末に扱うんじゃありませんと怒られるまで、俺たちはその遊びをした。

「なんでおにいちゃんは大きいのにここにいるの？」

ここは小さい子のいるところだよ、ときっぱり言われたら俺には返す言葉もなかった。


高井の父親が訪ねてきたのは次の日の夕暮れだった。

園長は俺に気を使って問い合わせの電話には答えなかったようだが、彼はふいに施設にあらわれて「急に悪いね」と言った。

もう日がかげり始めた庭で、俺は掃きそうじをしていたので、ほうきを持ったまま彼と少しだけ話をした。

「新幹線に乗る前、国春とは会えた？」

こくりとうなずく。どうしてそんなことを聞くのか不思議に思って、それからさあっと血の気が引いた。

「あいつ、家に帰ってないんですか」

「うーん、まあそうなんだ。てっきり渋谷君と一緒にいるかと思ってたから、ここまで来ればなんとかなると思ったんだけど。当てが外れちゃったな」と、眉尻を下げて笑った。

「あの、俺たち新幹線を乗り過ごして博多まで行ったんです」

「え、博多？」

「それで昨日の朝早く駅で別れて、それであいつもすぐに東京に帰るって思ってたけど、もしかしてあのあと事故にあったとか」

「あ、渋谷君落ち着いて。自分の意思でいなくなっただけだから大丈夫だよ。昨日、駆け落ちするってメールが来てたんだ。時間的にはたぶん君と別れた後に」

くちびるを結んで平静な顔を保ったつもりだったけれど、彼が苦笑したので、それはきっと失敗していたのだろう。

「俺そんなの約束してません。高井はここのことも知らないし」

「そうだね。いや、我が息子ながら恥ずかしいことを言うよね。勝手についていってふられたから、やけになっただけなのかも。迷惑かけてしまったね」

もし連絡があったら電話をくれるかな、と名刺を差し出した。携帯の番号とメールアドレスが記載された、シンプルなものだった。それを見て困り果てた。

「俺、携帯持ってないので連絡なんて来ないです」

「ん？　そう。じゃあ仕方ないね。きっと傷心旅行でもしてるだけだから、心配しなくていいよ。名刺は一応持っておいてくれるかな。連絡を取り合っていると疑ってるわけじゃないけれど、闇雲に探すよりも渋谷くんの前に現れる可能性のほうが高いような気がするんだ」

はい、とちいさく言ってうなずいた。

「これから九州まで行くんですか？」

「そうだね。まあここまできたら行ってみようかな。このところ家にこもりっぱなしだったから息抜きにもなるし、九州なんてひさしぶりだからね。ひとりで観光するのもわびしいから、よかったら渋谷君も一緒に行かないかな」

「無理です」

「うん、そう言われるとは思っていたんだ」

「もう高井とは会いません」

それで高井の父親は納得したようだった。

暗がりにレンタカーの光が消えていくのを見送っていると、物陰から見ていたのか、さっとこうちゃんが飛び出してきて、足元にまとわりついた。

しゃべらない子どもの、ふわふわした髪の上にそっとてのひらをおいた。こわごわとなでてみると、小さな子どもは俺を見上げて目を輝かせた。

俺はまだよく事態が飲み込めていなくて、それでまたねといった時の高井を何度も何度も思い出そうとした。

高井とは改札の前で別れた。見送る時の高井がいつもみたいな爽やかな笑顔だったので、それですんなりと電車に乗ることができた。

爪をなでるようにひとさし指だけつまんで、渋谷またね、って言った時の高井はどんな顔をしていたかな。優しい声しか思い出せなかった。

俺はじゃあなって答えた。明日、学校があったら教室で会えそうなくらい、当たり前の別れだった。前の日の夜の出来事のせいで、俺の緊張は気遣うように指先をさわるくらいしか高井に許していなかった。

最低な思い出だけを残して、俺と高井は別れた。

まだあのカラオケボックスに高井がいるのだったら、きっとすぐに高井の父親に発見されるだろう。

ふと、俺が行き先を告げなかったことを怒っているのかと思った。だからこうやって俺を不安にさせるのなら、それは十分な仕返しだった。

でもそんなことは全然関係なく、観光している高井も想像できた。九州を案内してよと言っていた。だから俺、修学旅行なんて行ったことねえよ、と心の中でもう一度つぶやいた。

力がぬけてしゃがみ込んだ俺の頭を、今度はこうちゃんがなでた。さっきの俺を真似するような仕草に、俺のもきっと高井の真似だったと思った。優しいことは全部、俺の中にはないものだった。

春から少しずつ俺の中に積もっていた。俺は一度だって、あいつに好きだと言わなかったことを後悔した。


高校生の記事が新聞に載るたびに、ぎくりとした。テレビに九州が映ると食い入るように見てしまったり、日に何回も高井の父親の名刺を眺めながら時は過ぎて、庭の掃除にも黄色い葉が混じるようになった。

掃いても掃いても完璧に綺麗にはならないから、落ち葉をためて芋を焼いてみたりもした。でもそのうち、俺の努力はなんだったのかと思うくらい、掃かなくても庭はきれいなままになって、土の色はうっすら抜けていくようだった。

マフラーをぐるぐるに巻いて、コンビニのアルバイト帰りの道を急いでいた。

ようやく帰りついた施設の前で、ちょうど車が止まる音がしたので振り向いた。車から降りてきた女性は俺と目が合うと、「あなたここに住んでるのかしら?」と言った。

「はい」

「園長に取り次いでもらえる? 連絡してあるから名前を言ってもらえばわかると思うの」

落ち着いた声でしゃべる女性は、黒のスーツの上に素材の違う同じ色のコートを着ていて、立ち姿すら上品に見えた。

ふいに里親に引き取られていった女の子を思い浮かべた。
女の子の手をひいていた女性も黒いコートを着ていて、彼女と同じくらいの年に見えたから
それを思い出したのだけれど、彼女のようにバリバリ仕事をしていますという空気は持ち合わ
せていなかった。
「あ、名刺を渡してもらえる?」
はい、と差し出された名刺には弁護士事務所と印刷されていた。その下の名前を見て、俺は
二ヶ月前に高井の家に泊めてもらった晩のことを思い出してしまったので、顔が上げられなく
なった。
「そうだ。渋谷アカネさんって方も呼んでもらえるかしら。できれば一緒にお会いしたいの」
「……は?」
「この施設に入居してると聞いてるんだけど、今はいらっしゃるかしら」
高井の母親はうっすらとした笑みを浮かべてそう言った。冗談を言っているようには見えな
かった。
「渋谷は、俺です」
絞り出すようにそう言ったら、「え?」と困ったように微笑まれた。
あなたは渋谷アカネじゃないわよと言わんばかりの笑みで、こちらまでうなずいてしまいそ
うな迫力があったけれど、高井の母親は少し遅れて笑いを消した。まじまじと俺の顔をながめ

てから「あ」と言った。

「あなたもしかして、前にうちに来たことある?」

「⋮⋮はい」

「ごめんなさい、たしか顔に大きなガーゼをしてたでしょ? あのイメージが強くて思い出せなかったの。え、じゃあ、アカネさんってあなたの妹さんかお姉さん?」

 もうどう説明していいのかわからなくなって、俺は心の中で高井を罵倒した。

 高井の母親がなにを勘違いしているのかはわかった。けれど、どう取り繕ったらいいのかさっぱり思いつかなかったから、この場から一目散に逃げるって選択肢があれば間違いなくそれに飛びついていた。

「あ、警戒してる? そうね、急に兄妹に会わせてなんて怪しいものね」

 彼女は俺の沈黙をそうとって話を続けた。

「あなたにも関係のある話だから聞いてもらったほうがいいわね。息子がアカネさんと結婚する気でいるようなんだけど聞いてるかしら?」

 俺は首を横にふるだけのこともできずに、その場に立ちつくす。

「息子もアカネさんもまだ未成年でしょう。駆け落ちなんて馬鹿みたいなことするくらいなら、いっそ結婚できる年までアカネさんをうちで預かれないかと思って、それで施設の方にそのことを提案しにきたんだけれど。彼女に兄弟がいたなんて思ってもみなかったわ」

本当に驚いたのか、彼女はハアとため息をついた。

「ひょっとして、アカネさんはあなたと離れたくないのかしら？　それとも国春との付き合いを反対したとか？」

「違います」

「そう。あの子、昔からこうと信じたら他のことが見えなくなっちゃうから困ってるのよ。アカネさんがうちに来てくれれば解決するかと思ってたんだけど兄弟がいるならまた話は」

「あの」

俺は彼女の言葉をさえぎった。

「高井とは駆け落ちする気なんかありません」

「え、じゃあやっぱり反対してるの？」

そんなことで悩ませるくらいなら言ってしまってもいいような気がした。そうしたら、このバカバカしい駆け落ち騒ぎはおさまって、高井は強制的に連れ戻されるだけですむはずだった。

すうと息を吸い込んだ。

「アカネは俺です。渋谷アカネは、俺なんです」

ある朝、寒さに布団にくるまっていると、すっかり遠慮のなくなった子どもたちが俺の上にどんどん飛び乗ってきて、叩き起こされたあげく庭に押し出された。

べちゃべちゃになって、水ばっかりの雪玉の投げ合いをした。指先が凍えるようだった。凍てついた空気は午後からも雪を降らせた。そのうちに園内はにわかに活気づいてきて、いびつな形のリースが玄関に飾られた。

クリスマスイブの夜、バイト先ではその週だけホールケーキの受け渡しもしていてそれなりに客も多かった。しあわせそうなカップルなんかもいて、これからきっとどちらかの家で過ごすのだろうとぼんやり思った。

うらやましいとは思わなかったけれど、その時また高井はなにをしているのかなと思った。大きな家の見たこともないクリスマスツリーまで思い浮かべることができたのに、その横にいる高井の楽しそうな姿はどうしても想像できなかった。またね、と言った時の高井の顔を思い出そうとがんばったけれど、その夜もやっぱり無理だった。

高井と最後に会ってから三ヶ月以上経つというのに、俺は本当に諦めが悪い。

日付がかわる頃に、売れ残ってしまった大きなブーツをひとつ買った。

真っ赤な靴のなかにはカラフルなお菓子が詰め込まれていて、普段話をしたこともない店長がおまけにといってもうひとつ同じものをくれたので、俺は二本のブーツを抱えて施設に帰ることになった。

暗い夜道で、俺は店内で流れていたジングルベルをくちずさんだ。二十五日の今日は、園内でクリスマス会が予定されていて、子どもたちはずっとその準備に余念がなかった。

リースやリボンやクレヨンで描かれたサンタの絵が飾られた。ツリーは吊るすものばかりで緑の部分が埋め尽くされて、飾りの重みですべての枝がだらんとなってしまっていたけれど、みんな出来栄えに満足していた。

園に帰ると、ブーツを子どもたちの眠っている部屋にそっと置いた。いつにもましてにこにこした園長が、俺をこっそり呼び出した。

「とっておきのクリスマスプレゼントがあるわ。先月、いらした高井さんを覚えてる？　彼女からあなたを養子にしたいって申し出があったの」

それは本当に急な話で、俺はくらりとした。

高井の父親から施設に電話が来たのは、それからすぐだった。

俺は男ですと、高井の母親に言ったのと同じことを言わなくてはならなかった。彼女だって、渋谷アカネが男だと知って、それで心底驚いて帰ったはずだったのに、養子なんて話に繋がる理由がわからなかった。

高井の父親は「男じゃ結婚もできないよね」と余裕のある口調を崩さずに答えた。

「だから養子はどうかな、ということになったんだ。彼女は合理的に物事を考えるのがスキなんだよ。渋谷君がいれば息子が家に帰ってくるし、まだ子どもの君にとっても悪くない話だ。ただ将来的に君がどうしたいか決める時は、今する約束が君の不利にならないように配慮するつもりだよ。お父さんと和解することになったら、君が出ていくことになっても仕方ないと思ってる」

ぞっとした。父親と一度離れてみれば、もうそれは恐ろしい想像でしかなかった。だからって高井と兄弟になってあの家で暮らすなんて、それこそあまりにバカみたいな想像で、だから「無理です」と答えた。

「彼女は自分の望んだことを実現するだけの努力はする。無理かどうかは俺と彼女に任せてみて、君は自分がどうしたいかを考えてみてくれないかな」

どうしたいかなんて言われても、何も思いつかなかった。俺が黙ってしまうと、高井の父親は思いもかけないことを言った。

「養子のことはゆっくり考えてくれていいよ。今日、電話したのは渋谷君に伝えておくことがあったからなんだ。君がお世話になっていた若林さん、亡くなったそうだよ」

俺は受話器を置いて電話を切った。

そんなことをしても聞いたことは無くならないし事実は変わらない。受話器を握りしめたまま床にへたり込んだ。


東京に向かうと、街は未《いま》だにクリスマスの電飾が散りばめられていた。

お祭りのように賑《にぎ》やかだ。師走《しわす》の商店街はクリスマスと正月の準備で忙《せわ》しなく、ジングルベルの鳴る横でおせちの材料がところせましと広げられていた。

それを横目に見ながら、メモを片手にして住宅街を通り抜ける。

大きくて立派な家の多いその一角は、電飾でかたどられたサンタやトナカイがそれぞれのベランダや門を飾っていて、ときおり家の中から子どもの笑い声が聞こえてきた。

緑色のポストの前で立ち止まって、メモに書かれた見覚えのない名前と同じことを確かめる。それから門の外から中を少しだけのぞいてみたけれど、クリスマスだというのにその家だけはひっそりと静まり返っていた。

足元がふわふわした。門に手をついてめまいをやり過ごしていると、小さくかしゃんという音が響いた。

顔をあげると、玄関の前に一人の学生服の男の子が立っていて俺を見ていた。病院で見かけた中学生くらいの彼は、きっと俺の顔を覚えていたのだろう、きょとんとした後に一瞬で顔をゆがめた。

くるりと背を向けてふたたび玄関に入ってしまった。

呼びかける言葉もなかった。でもその場を逃げるわけにはいかなかったから、俺はすうすうと息を整えて、ポストの横のインターホンを押す。

ゆっくりした呼び鈴が門の外にまで聞こえてきた。しばらくして、もう一度押そうと思った時に、インターホンに出てくれたのは予想外に先ほどの少年だった。

「なんの用ですか」

中学生が精一杯に頑張って出す、平坦な声だった。

「母ならいませんし、何時に帰るかもわかりません」

「あの。今日、若林さんの葬儀があると聞きました。場所を教えてくれませんか」

葬儀と初めて自分でくちにしたら、俺はこのふわふわした感覚すら現実のものだと知ってうすら寒くなった。

本当は俺はなにも目にしていないから、じいさんが死んだなんて信じられずにいた。

病院でチューブに繋がれている時より、台所で倒れているじいさんの姿のほうがよっぽど死に近かった。

だけどあの時に確かめた心臓の音がいまでも耳の奥に残っていて、それは生きているって証だったから、俺は死んだということがどうしても信じられなかった。

あの心臓の音を覚えていれば、死ぬなんて恐ろしいことは起きない気がした。

「母は、あなたが来て喜ぶとは思えませんけど」

冷静なその言葉に、俺は打ちのめされる。俺が黙るとインターホンの向こうの声は少しだけ焦った。

「葬儀は今日の夜、夏川記念病院のそばのセレモニーホールで行います。僕もこれから行くつもりだけれど、今はまだ身内しか入れないみたいだから会えないと思います」

「そう、ですか。ありがとう」

葬儀場はじいさんの家への帰り道にあって、そういえば看板を目にしたことがあった。

夜、と言われたので戸惑ってしまう。

あたりはまだ十分に明るかった。

「祖父とはどのくらいのあいだ一緒に住んでいたんですか」

「え？」

「僕は小学校に入るくらいから祖父とは会ったことなかったし、どこに住んでるとか全然知らなかった。それで、病院にいるうちに死んじゃったから、どうしてこんなことになったのかって話もしてない」

ぶっきらぼうな言葉が、複雑な胸のうちを明かすようだった。

親しいわけではない人の死は、きっとこの小さな子に悲しみよりも混乱をもたらしていた。

そう思うと、まるでじいさんと暮らした分だけ、俺が奪ってしまったような気分になって胸が痛かった。

「五ヶ月ちょっと、かな」

「その程度で？」

「でも君のおじいさんは、行くところのなかった俺のことを助けてくれた。すごく強くて優しい人だ」

恩人だって、そう言う以外には謝る言葉しか持っていない。相手は沈黙したままだった。

唐突に玄関が開いて男の子が飛び出してくる。格子門のすき間から腕を伸ばして、ぼうっとしていた俺の胸をドンと押した。

握りしめてくしゃくしゃになってしまった紙を、胸の上で手放したので、俺は足元に落ちた紙を見つめた。

それは病院に預けた俺の手紙だった。目が覚めたら渡してほしいと頼んだ手紙は、じいさんの目にふれることはなかった。

「だったらなんで、見舞いにも来なかったんですか。こんな紙きれひとつで逃げたくせに！」

胃がぎゅっと縮みあがる。

「今さら葬式に来られたって、僕たちをまた苦しめるだけだってわからないんですか。あなたが母さんに連絡なんかしなければ、こんな最低な気分にはならなかったんだ！」

そう言い捨てて、家の中に戻っていく小さな後ろ姿を見つめながら、俺はその場に立ちつくした。

怖いことはいつも、通り過ぎてしまえば忘れることができた。

目を覚まさないじいさんのそばについているよりも、俺を殺そうとした父さんのことが頭から離れなくて、彼の言うとおり俺は逃げたのだった。

真っ暗になるまで何時間も歩き続けた。

立ち止まったら、ぽっかりくちをあけた闇に飲み込まれてしまいそうで、ただの一度も振り返らなかった。ぐるぐるに巻いていたチェックのマフラーは少し緩んで、首筋に凍てつく風を送り込んでくる。

クリスマスの夜に辛気臭い顔をしているのは俺ひとりだけのような気がした。きっとそんなことは自己憐憫《れんびん》でしかないのに、すれ違うひとたちはみんなどこか浮かれて、家路へと急いでいるように思えた。

ふわりと吐いた息が煙草の煙のように浮かんで、歩くたびマフラーと一緒に後ろへたなびいた。

もう葬儀は始まっているのだろうか。俺はそれが何時間くらい行われているのかも知らない。じいさんに会いたいと思って施設を飛び出してきたのに、それすらもうできなくなってしまって、それをひどく空《むな》しく思った。

自分で学校に行くことを決めたし、自分で父さんに屈せず生きていくことを選んだのに、結局手元にはなにも残っていなくて奪われるばかりだった。

どうしたいかと問われたけれど、空っぽの頭には、どうしたらいいか何ひとつ思い浮かばなかった。

許されるなら、もうなにもしたくなかった。立ち止まっていいならそうしたい。

あの朝、高井とふたりで逃げだしたらなにかが変わったのかもしれない。でもあいつに心配している家族がいる以上、俺と一緒にいてとくちにすることは罪だ。

一軒家と犬、を思い浮かべたらふいに声が出そうなほどのおかしさがこみあげてきたので、ふたりで暮らす家はどんな風だろうと想像した。

高井はきっと毎日バカみたいに楽しそうにしていて、晴れた日には庭の草むしりなんかをするのがよく似合っていた。

子犬をもらってきて、名前をつけようとしてケンカしてみたり、俺は料理ができないから、もし高井もできなかったら毎日ふたりでコンビニに通うのも悪くない。

ツナマヨネーズとかコーヒー牛乳とか好きなものだけをたくさん買って、一緒に住む家に帰る空想はとても優しかった。

そうしていつか、高井が俺にあきてしまったら、俺はその手を離すことができるのだろうかと考えた。

そんな風に、たとえ空想の中でもしあわせがずっと続くとは思えなかった。

じいさんと暮らしていた時だって、いつまでも続くなんて一度も思うことはなかったから、いっときだけの温かさは欲しくはなかった。

てのひらを空にかざす。

指のあいだににじんだ月があふれていて、冬の夜の冷たい空気も悪くはなかった。

じわじわと涙があふれてほおを濡らしたけれど、もう悲しいとかつらいとかそういう気持ちはわいてこなくて、それが本当に空っぽだという証拠のような気がして怖くなった。

どこまで歩いたのか、人通りはしだいに少なくなって、赤い橋脚の小さな橋があらわれた。

街灯も少なく真っ暗な道で、赤い手すりは血のようにどす黒く浮かびあがってみえた。

橋から見る川は遠くまで続いていて、終わりなんてなさそうに思えたから、この先にはなにがあるだろうってぼんやりと流れをながめた。

黒い水面は乾いた音を立てて止まることなく流れていて、話しかけてくる闇のようだった。

橋の上は風がいっそう強く吹いて、ぼんやりしていた俺の首からマフラーを奪った。つかもうと手を伸ばしたら、柵の向こう側へするりと落ちていってしまう。

施設で借りたもので、だから俺はとっさに柵を乗り越えて向こう側に飛び降りた。

その瞬間のことはよく覚えていないけれど、慌てていたわけじゃなくて、当たり前のようにそうしたから、俺は一瞬だけマフラーなんか持っていたかなと思った。

俺は少しの間、気を失っていたけれど、水の中は氷に閉じ込められたように冷たくてすぐに目が覚めた。水面から顔を出すと濡れた顔に風が吹き付けて、地獄のような寒さに震えた。

川の流れはゆるく、立ち上がれば一番深いところでも爪先くらいは足がついた。水面から頭を出すと、頭上から人の叫び声がした。

何事かと見上げたら、橋の上から女の人が俺を指差しながら助けを求めていたから、なんだ俺のことかよとおかしくなった。

橋は思ったよりもずっと上にあって、さらに上には小さな星がたくさん輝いていた。どうしてか薄暗いカラオケボックスの部屋を思い出した。高井が泣くのを見て、俺はそれ以上に綺麗なものはないと思った。どこかにとじこめてしまいたかった。

大勢が集まる前に川岸にたどり着くことができたけれど、全身ずぶ濡れで寒さでガタガタと震えた。でも生きてるとわかって俺はそれに安心した。

女性が助けを求めた夫婦連れがブランケットを肩にかけてくれた。車の後部座席の窓に子どもがはりついて、こっちをじっと見ていたから、せっかくのクリスマスを台無しにしてしまったなと申し訳なくなった。

助けてくれた人たちに俺は大丈夫だと言ったけれど、きっとそれは自殺に失敗した人間の強がりにしか見えなくて、ほどなくして警察が呼ばれることになった。

それで俺は財布の中からよれよれになった一枚の名刺をとりだして、連絡を取ってもらうように頼んだ。


高井の母親はそれは腹を立てていて、こんなくだらないことで呼び出すんじゃないわよと会うなり言った。

「こっちはねえ、三日も家に帰ってなくて事務所で牛丼食いながらクリスマスしてるのよ。忙しいんだから、バカみたいなことしないでちょうだい」

「え、あ、はい」

「それで事故なの？　自殺なの？」

　そばで見ていた制服姿の警官が剣幕に驚いて、「お、お母さん。そのくらいでもう」と呼びかける。

「年頃の男の子ですから、まあ色々とあると思いますし落ち着いて」

「はあ？　お母さん？」

「えっ、違いましたか？　確か弁護士の先生でいらっしゃいますよね。彼とはどういう関係で？」

「わたしたちってどういう関係なの」

　急に話の矛先が俺に向いたので、俺は面食らって「友達の、親です」と言った。視線がぴんと張り詰めて、俺に突き刺さった。質問した警官は戸惑ったように俺たちの間で視線をさまよわせた。

「ああそう」と、彼女はことさら不機嫌に言った。

「あのひと失敗したわけね。わかりました、わたくし弁護士の高井と申します。このたびは息子の友人がご迷惑をおかけして誠に申し訳ございません」

　急に綺麗な姿勢で名刺を差し出されて、警官はぼけっとしてそれを受け取ることもできなかった。

「両親のいない子ですのでわたくしどもが保護者代わりに面倒をみております。本人の不注意による事故のようですし、今夜のところは家に帰してもよろしいでしょうか」

「いや、でも見ていた人が自分から飛び込んだと言っていますから、自殺未遂でしたら事件扱いになりますのでお帰りいただくわけにはいかないんです」

「ええ存じています。事故にしろ自殺にしろ調書をとっていただくのはかまいませんが、なにぶん彼は未成年で動揺していますので、わたしのほうで話を聞いて、あらためてこの子を連れてこちらから出向かせてもらいます。なにかありましたらこちらまでご連絡ください」

有無を言わさない口調に、名刺まで手に握らされて、警官がわずかに呆然としている間に高井の母親は「車に乗って」と言った。

警官はそれ以上食い下がってこなかった。運転席には男が座ってハンドルにもたれている。彼女は助手席に乗り込むと、運転手の後頭部をぺしっとはたいて起こした。

「痛っ。ちょっと、高井先生ひどくないですか」

顔をあげたのは大学生くらいの男で、叩かれた後ろ頭をなでた。ふあ、と大きなあくびをする。

「仮眠中に叩き起こされて眠いんですよ。感謝とかないんですかねえ」

「おぼえておいて、パラリーガルには人権なんかないのよ。ほら早く車を出して。居眠り運転なんかしたら十年はぶち込んでやるから気をつけたほうがいいわよ。あなたも早く乗ってドア閉めなさい」

ふりかえった顔はいたって真面目で、俺は慌ててドアをしめた。

暖房のきいた軽自動車は真新しい匂いがして、俺はとっさに身体の下にブランケットを敷きなおしたけれど、すでにそこは濡れてしまっていた。

「そんなの気にしなくていいわよ。わたしの車じゃないから」

「え、ちょっと先生。今のどういう意味ですか。うわあ振り返るのすごい怖いんですけど。この車買ったばっかりなんですよ」

彼はバックミラーでちらりと俺を確認した。居心地の悪さに縮こまった。狭い車内に逃げ場所なんかなかった。

「息子さんですか？」

「まあそのうちに」

彼女はそっけなく答えたので、俺は息が止まりそうになった。

「なんですかそのうちって。あ、娘さんの彼氏とか？」

「うるっさいわねえ。時間がないからちょっと黙っていなさいよ。あなた……ええとアカネ君だったわよね」

彼女は椅子の背に手をかけ、身を乗り出した。

「あなたの父親は今、裁判にかけられているわ」

じっと目を合わせられると、なめらかに動くくちびるが別の生き物みたいだった。

「若林老人が亡くなって、殺人罪に問われる可能性が濃くなっている。目撃者としていずれあなたは連れ戻されるはずだった。未成年だとつっぱねることもできるけれど、証言台に立って父親がしたことを証言しなさい。その時にあなたが虐待されていたことも言って、できるだけ裁判官の心証を悪くしておくの」

どうしてと聞きたかったのに声が出なかった。

「わたし達と養子縁組しても彼との親子関係は続くわ。あなたの父親は、殺人にしろ傷害致死にしろ五年から十年の実刑を受ける。五年もあればあなたは成人してたくさんの権利を得る。その間に自分を守るすべを身につけなさい」

「ちょ、ちょっと先生。子どもになんてこと言うんですか」

「あんたは関係ないでしょ。黙ってて」

「いや見過ごせませんよ。子どもが親を陥《おとし》いれる手伝いをするなんて、見損ないました」

「じゃあなに、あんたは親なら子どもを殴っても罪にならないとでも言うの？　殴られた子が親を憎むのは間違ってるから、殴り返さずに耐えろっていうわけ」

「そこまでは言いませんけど、でもなんだかなあ。だって親子なんですよ」

彼は後ろを振り返ろうとして、「ちゃんと前見なさいよ」と小突かれている。意味は理解できるのに、頭がふらふらとしてうまく言葉が出なかった。

「父親にされたことを思い出せるだけ書き出しておきなさい。証言することで、あなたは父親を殴り返すことができる。数年後にあなたの前に現れる父親に、どういう態度をとるかは今選ぶことができるわ」

高井と俺はベンチに座って、空へ立ちのぼる白く細い煙をながめた。

休日の公園にはキャッチボールをする親子が大勢いて、父親は子どもの下手なボールでも楽しそうに受け取っている。すぐそばに遺体を焼く火葬場があるなんて思えないほど楽しげだった。

「今度はキャッチボールしに来ようか」

高井は同じ光景を見ていたせいか、そんなことをくちにした。それはよくある父親の台詞だったけれど、俺は初めてそういうことを言われたので、「キャッチボールしたことない」と、つい本当のことを言ってしまった。

「そういや俺も、こういうとこでしたことはないな」と、あっさりと返事が返ってくる。

高井はベンチから上体を乗り出して、急に「渋谷のことは俺に任せていいよー」と大きな声を出した。

家族連れがびっくりして振り向く。俺だって心臓が止まるくらいびっくりした。

「残りの全部、俺が一生大事にするよ」と、たぶん今度は俺に言ったので呆然としたまま高井の横顔を見つめた。夏の頃より少し痩せた高井の顔は、まるで知らない人のようだった。

俺の視線に気づいて、な、と高井が嬉しそうに薄く微笑んだから、それで俺はまったく知らない男を好きになってしまった気がした。

午前が終わる頃に煙が途切れてしまって、俺たちはどちらからともなく手を繋いだ。

俺はじいさんにさよならを告げた。西日が射す病室で面倒みてやるって言ったじいさんを、ひどく懐かしく思い返す。見守ってほしかったし、できるならそばにいてほしいのにと身勝手に思った。

「俺、父さんと戦うことにした」

くちにしてしまったら、後戻りできない気がした。

「裁判で証言したらきっと、あいつと会うことになる。でも会わなくたって、このままじゃずっと怯えるだけだから何も変わらない。おまえの母親に言われて、俺がこれからちゃんとやってくのに、必要なことだって思った」

「うん」

「だけど俺はもう、ひとりじゃ怖いから、一緒にいてほしい」

本当の気持ちをくちにするのは、思っていることを軒先に並べて見世物にするようでひどく恥ずかしい。繋がれた指に力を込めると、高井は表情を変えずに優しい声で言った。

「じゃあ結婚しようか」

それは期待した返事と全然違っていたので、俺はぽかんとしてしまった。俺の様子を見て高井もやっぱりぽかんとした。

「え、今のってプロポーズじゃなかった？」と聞いた。

「俺は、高井のうちの養子になってもいいかって話をしてたんだけど」

それでも高井がぼけっとした顔をしているので、俺は焦って「おまえもしかしてこの話聞いてない？」と尋ねた。

「おまえんちの養子にしてもいいって言われてるんだけど。だからおまえと兄弟になっちゃうけどいい、って意味」

「嫌だよ」

高井がすぐに答えたので、俺はくらりとした。

「俺、渋谷と結婚するのが夢なんだから。兄弟じゃ結婚できないんだろ。それじゃ困る」

それでもう俺はどこから突っ込んだらいいか途方に暮れてしまって、「おまえまだ十七じゃ、どうせ結婚できねえだろ」と言ってしまった。

言ってから、何か違うと思ったけれど、とにかく焦っていた。

「男が結婚できるのは十八からだろ」

なに言ってんのおまえって顔で見たら、それでもう高井はくちをあけたまま悲しそうな顔をしたので、俺はさっきまでの違和感なんか消え去ってしまって、隣にいるのがやっぱり馬鹿なのだと思い知った。

高井は途方もなく馬鹿で、会わない間に別の誰かになったりしていなくて、安心してしまった。

「おまえ誕生日っていつなの。どうせもうすぐ十八になるんだろ」

ついくちにしてしまってから、これではまるで俺がそれを待ってるように聞こえないかと気づいて、背筋がひやりとした。

案の定、高井はゆっくりとその意味を噛みしめるように首をかしげてから、「そうだよな」と嬉しそうにした。

俺の手持ちの札はまだ、男同士だとか世間体だとか色々と残っていたはずだったけれど、それを見たら急に馬鹿らしくなって黙ってしまった。

「じゃあ兄弟でもいいや。俺、弟って初めてなんだけどなにしたらいい？　キャッチボールとか？」

「いや、俺に聞かれても……俺だってどうしたらいいのかわかんねーよ。普通の家族ってどういうのか知らないし。俺がなんか駄目なことしてたら、おまえの両親が困る前に教えてくれよ」

ぼそぼそと頼むと、高井はにやりとして「渋谷、真面目だなー」と茶化した。

「大丈夫だよ。うちもあんまりちゃんとしてないから、渋谷のやり方で暮らしたらいいよ」

高井の言う、ちゃんとしていない、は俺のそれとはきっと違う。

今までろくな生活をしていないから、他人と上手く暮らしていけるかわからない。家族なんてなおさらどうしたらいいかわからなくて途方に暮れた。

高井はしゃがみ込んで、俺の顔をのぞいた。

「渋谷は家族はもういらない？」

声がのどに張り付いて答えられなかったけれど、高井は嫌な顔はしなかった。ただ黒目がちな瞳でじっと俺を見ていた。

「もし欲しいなら、俺の弟になった今日からなら、渋谷が欲しいものが作れる。おまえが家族とそうなりたかったように暮らせるよ」

高井は両手で俺の頭をつかんだ。

「俺んちはさ、母さんは仕事大好きで家事は全然できなくて。父さんは怒ったりしないけど小説に没頭すると寝るのも忘れちゃう。すごくいい親ってわけじゃないかもしれないけど、俺にしてるみたいにおまえを大事にしてくれるよ」と満面の笑みを浮かべた。

子どもにするみたいに俺の髪をくしゃくしゃとなでた。

「それでも渋谷がさみしくなるなら、俺がおまえの家族の代わりを全部する。俺は兄弟だってなんだっていいよ。渋谷ともう離れたくない。そばにいられれば、いい」

まるで恋を囁かれているようだと顔が熱くなった。

俺たちは恋人になって、同時に兄弟になった。その関係はいびつで、いつも危うかった。

冬の朝は寒くて、寝ている間にはねのけていた掛け布団を口元まで引き上げた。むにゃむにゃとつぶやく声で横を向くと、高井は背中を向けて眠っていた。

俺が寝ているのは壁際だったので、高井を乗り越えないとでかいベッドから抜け出すことができない。

この部屋のカーテンは他の部屋と違って薄っぺらく、小さな子どものいる部屋のように電車や飛行機のイラストがプリントされている。

きちんと閉められていないので、そこから射す光でうっすらと高井が見える。

横を向いた肩がすうすうと上下している。布団からはみ出ている寒そうな肩に毛布をかけようとしたが、どこかでひっかかっているのか肩を覆うまではいかなかった。

毛布のかかっていない首すじも寒そうだった。ぎゅっとしたら暖かくなるのだろうか。高井はよく俺をぎゅっと抱きしめて、あったかいと笑うけれど、俺は体温が低いし骨ばっているのできっと抱き心地はよくないだろうと思う。

そろそろと背中から手を回す。フリースを着た高井の腹にふれようとした。さわったら起こしてしまうだろうか。迷って、背中に身体を寄せるだけにした。いつもよりさらに体温の高い背中は、毛布よりも暖かい。高井が目覚めた様子がないのでほっとした。

ゆうべは早く寝てしまったのに、十二時をまわった頃にのどがカラカラになって目が覚めた。キッチンでぼんやりしていた俺に、高井の父さんは、渋谷君、寝れないならゲームでもしようかと声をかけた。

ゲームがあまり巧くない俺と、かなり下手な父さんで遊んでいると、起きてきた高井がずるいと騒いだ。

高井の母親が自室から出てきて「うるさい」と怒鳴ると、高井は俺を自分の部屋へ連れて行き、ゲームの続きを始めた。時々どうしてもクリアできないと、高井がかわりにコントローラーを握った。コントローラーを受け取る高井は、いつの間にか俺を抱っこするように座っていた。

高井はむにゃむにゃして眠そうにしていたのに、俺を抱きしめたまま離さなかった。

ゲームの電源を切る。高井を持ち上げてベッドに倒れ込むと、高井は俺をぎゅっとしたまま眠っていた。子どもみたいだ。ベッドのスイッチで明かりを消す。

暗くなったせいか、眠気もなかったのにいつの間にか俺まで眠ってしまっていた。

高井がくるんと寝返りを打ったので、服をつかんでいた手を離したが、腕をひっこめるのが間に合わなくて抱き合う格好になった。

無意識に高井の手がなにかを探して、ぺたりと俺の背中で止まった。小さく笑ったように思えた。高井が俺を抱きしめることはあっても俺が抱きしめ返すことはあまりない。

でもその時は眠いのと暖かいのと抱きしめられている満足感で、どうかしてるくらいにくらくらしてしまって、俺も高井の背中をぎゅっと抱いた。

高井が俺にするように首筋にキスする。

「ふっ」

笑い声が聞こえて、頭が真っ白になった。背中にまわされていた腕に力が込められて、動けないように引き寄せられる。羞恥のせいで声にならなかった。

「はあ、渋谷が可愛い。すごいしあわせ」

楽しそうに囁いた。もう本当に死ぬかもしれない。

「もうちょっと我慢できればよかったんだけどな。可愛すぎて無理でした。ああでももったいないことした。あのまま寝てたら他になにしてくれたんだろ」

硬直している俺を抱き寄せたまま、もう片方の腕も俺の背中にまわした。高井の胸につっぷしたまま顔も上げられないでぶるぶるしている俺の、頭のてっぺんにキスした。

どうせいつか死ぬなら今殺してほしい。恥ずかしさに耐えられなくなって、高井のTシャツの丸い首元に噛みついた。

「いた！　渋谷痛い。くち離して」

肩をつかまれて引き剝《は》がされる。横向きに寝転がると、鎖骨の噛み跡がはっきり見えた。高井もその跡を自分で確認してから、はあとため息をついて俺のほうを向いた。

「すぐに噛むなって」と、困ったように笑った。

ほおをなでられたので、本当に泣きだしそうになった。きゅっとくちびるを結んで目線をそらしたので、高井の顔が近づいてくるのがギリギリまでわからなかった。

くちびるにキスされて、耳の後ろをさわられる。反射的に目をつむってしまうと、安心したようにてのひらがうなじにふれた。

置き場所のなかった指が高井の腕にあたって、フリースを少しだけつかんだ。でもそれ以上引っ張ることもできなくて、固まったようにじっとしていた。

いつもはキスしてもすぐに離れてくれるのに、気配が近い。顔が離れたのでもう終わりだと確かめるために目を開けたら、もう一度キスされた。

くちの中に舌が入るのは初めてだった。俺が怯むと、くちびるの端やほおにキスされて、なだめられる。

のどがひくりと痙攣したのが自分でもわかった。さっきよりもずっとひどい羞恥がやってきて、眉根をぎゅっと寄せた。早くそれが終わってくれるのを待った。

「嫌だ？」

そういうことを聞くのはずるい。でもなにか話しかけてくれると、俺はホッとしてしまう。話しかけてくれる時、俺が嫌だって言えば高井は無理にしたりはしない。てのひらがいつの間にかほおを離れて、子どもにするように背中をなでているので、泣きたくなった。

俺は性的な接触が駄目で、キスされるだけでもがちがちになってしまう。

女の子は苦手だ。男はさわられるのすら苦手だった。でもふれあうほど近くに誰かがいたことはこれまでなかったので、こんなことになるまで気づかなかった。

高井が俺に好きだと言ってキスするようになって、意味を持って身体をさわられるようになって、それを意識しだしたらもう駄目だった。自分でも女々しいと思う。そして高井に悪いと思った。

「なにか嫌なこと考えてんの?」

問い詰めるような口調ではなかったけれど、俺は高井が怖い。

「渋谷?」

冗談みたいに鼻をつままれる。高井が笑っているので、俺も少しだけ落ち着いた。

高井と風呂に入った時、キスして身体をさわられた。下着に手を入れられたと思ったらもうそれで俺はパニックを起こして、高井はびっくりしてずっとなだめてくれた。

高井は俺が本当にまったくできないのか、どうにかしたら大丈夫なのか探ってるんじゃないか。そう思い始めたらますますさわられるのが怖くなった。

そんな面倒なことを考えてるわけないと思いたくても不安だった。だって、俺が絶対にできないとわかったら、それは終わりを指すのだろう。

じっとしている間にことが済むのなら我慢できると思う。でもそれはきっと高井がしたいと思っていることじゃない。当たり前みたいにキスしたり、セックスすることは、俺には想像もできない。

「渋谷、泣きそうな顔してる。今、考えていること言ってみな」

「別にない」

高井は俺のほおをなでた。さわり方が優しくて、我慢できずに「おまえが俺を嫌いになったらいいと思う」と答えた。

「そしたら渋谷は嬉しいの？」

「おまえが嫌な目に遭うのが嫌だ。高井が俺のことを嫌いになったら嫌な思いをしなくてすむ」

「俺がおまえのこと嫌いになったら、渋谷はしあわせになれるの？」

「ならない。でも今よりはマシだ」

高井の笑顔がすうっと消えたので心臓が凍り付く。終わりを俺が始めてしまったのかもしれなかった。高井は首をかしげた。

「俺、キスとかセックスとかそういう話するつもりだったんだけど」

「俺がしたのもそういう話だ」

渋谷、難しいこと言うな、とつぶやく。

「セックスは嫌だって話なら知ってるよ。でもそんな困んなくていいよ。セックスは二十歳までしないから」

それはこの家に住み始めた時に、高井の母親が決めたルールだ。成人するまでセックスはしない。

「そしたらこれスキンシップってことにしとく。なんかこのへん線引き難しいよな。もう最後までするのは無しってことで、あとはいい？」

「嫌だ」

高井はおかしそうに笑った。

「させてよ。二十歳までセックス無しってだけでも死にそうなのに」

「二十歳になっても俺のせいでできなかったらおまえどうすんの」

まずい、勢いで聞いてしまった。なにか言わなきゃいけないと焦る。

「何してもいいから好きでいてって言ったら困る？」

最悪の質問をしてしまった。頭がうまく働いていない時の俺は本当に最悪だ。

「何してもって？」

「今の忘れろ」

「俺がしたかったら渋谷の嫌がることでもしていいってこと？」

「違う」

もうこの話をおしまいにしたかった。自分で言い出しておきながら、って思われても、言いたいことがまとまっていない状態でしゃべることは苦手だった。もっとも、高井に関することで俺の考えがまとまっていることはあまりない。

まぶたの上にキスされる。高井はこんなに優しいのに、俺なんかに捕まって可哀想だ。

高井が泣くのを一度だけ見たことがある。それ以外はたいがい笑っているやつだったので、それでわけもなく唐突に、泣いているところが見たいと思った。

ＤＶＤを借りに行ったレンタルビデオ屋で、泣ける映画特集のコーナーに立ちつくす。ひとつも見たことのある映画がない。ハチ公とか名前は聞いたことがあるけど、どうしてそれが泣ける映画になるのだろう。

実在した犬の話だということは、パッケージの裏に書かれたあらすじでわかったが、高井が犬が好きだという話は聞いたことがなかった。

犬が死ぬ話じゃ泣けないだろうか。ていうかこれ犬はちゃんと死ぬんだろうな。

「渋谷、ハチ公観たいの？　懐かしいから俺も観たいな。借りよっか」

首を振った。前にも観たのなら泣くことはないだろう。

その夜は、高井が借りたアクション映画を観ることになって、どちらにするかじゃんけんで決めた。どちらの映画も高井が選んだのでじゃんけんに意味はなかったけれど、俺が選んで見始めた映画が面白かったので、少しだけ得した気分になった。

高井の部屋のテレビはじいさんの家にあったテレビの倍以上の大きさだった。大きなクッションをせもたれにして、高井は帰り道で買ったスナック菓子を食べていた。

俺がベッドから身を乗り出して、トレイに広げられたアルミ色のつつみに手を伸ばすと、高井はそれに気づいてトレイをベッドと同じ高さにかかげた。

行儀悪く寝そべったままぽりぽりと食べていると、かけらがくちからこぼれた。慌ててそれをシーツの上から払い落とす。

振り向いた高井はくちの端をゆがめて少し笑った。

高井の肩をつかんで、ベッドから身を乗り出し高井のくちびるに重ねた。コンソメの味がした。舌を絡められてやばいと思ったけれど、俺から始めたのだから逃げられるわけもなかった。

「テレビ消す?」

「まだ観てる」

音が無くなるのが恐ろしくてそう言った。

「じゃあ渋谷が実況中継してよ。俺これ観るの楽しみにしてたんだからさ」

高井は笑いながらそう言って、ベッドの上に身を乗り上げると、俺に覆いかぶさった。

「どうなった?」

「え?」

高井は「映画」と言った。顔だけを画面に戻すと首筋を舐められる。生々しい感覚にびくりとした。

「渋谷もう飽きちゃった?」

「俺、映画よりもおまえが泣くところを見てみたい」

　高井はぱちぱちと瞬きした。

「泣いたことなかったっけ？　俺、渋谷の前ではすげえ泣いてる気がしてたけど」

「ない」

　たった一回だけの思い出は、せっかくなのでくちにはしなかった。高井は、そうかなあと疑《うたぐ》り深いところをみせた。

「殴ったら泣く？」

「うん、それはたぶん泣くな。ていうか絶対泣くからしないで」

　嘘つきだ。前に思いきり殴った時、次の日には平気そうな顔をしていた。殴った直後は衝撃で意識を飛ばしかけてはいたけれど。

「あとは？」

「渋谷は俺のこと嫌いなの」

　ちょっと考えて、首を横に振る。そんな程度のことで高井が嬉しそうに笑うので、もっと嬉しくなるようなことをできたらいいのにと思う。

「俺のこと大好きって言って、満面の笑みで抱きついてくれたらきっと泣くと思うな」

「死ね」

「ほんとほんと」

高井は少しだけ俺の身体をさわってから隣に寝転んで、ＤＶＤの続きを一緒に観た。後ろから抱きかかえられるとすぐに眠くなってしまう。以前は夜眠らないことが多かったのに、不思議と最近はすぐに寝ついてしまうことが増えた。

深夜のバイトを禁止されたせいかもしれない。多恵の店にはもう行っていなかった。コンビニのバイトは遅くても九時までで、時間を守っているか見張るように高井が迎えに来る。

そのせいで同じシフトで入っている他校の女子が紹介してくれとうるさい。あしらうのもいい加減、面倒くさい。高井が自分のことを俺の兄だと言ったせいで、彼女は高井のことを『渋谷』だと思っていた。本当に面倒くさい。

「高井って合コンとか行くの」

「え、なに急に。渋谷誘われたの？」

「なんか、おまえ誘ってって言われた」

「ふうん」

別に興味のなさそうな返事だったのでホッとしたけれど、高井は「俺の知ってる子？」と話を続けた。

「コンビニのバイト。髪を後ろでしばってて、前に高井が肉まんサービスしてもらってた胸のでかい子」

「ああ、渋谷とよく一緒に働いている子。あの赤っぽいスカートって隣の駅のお嬢様学校の制服だよな。名前なんていったっけ」

「……カワキタ」

「へえ、今度話しかけてみようかな。下の名前は？」

「知らねえ。自分で聞けばいいだろ。おまえに会いたくて俺と同じシフトにしてるみたいだからいつでも会えるし、声かければ喜んで教えるんじゃねえの」

「すねるくらいならそんな話ふらなきゃいいのに」

高井は馬鹿の癖に俺に関することはいつでも的を射ていて、俺は自分でも馬鹿みたいだと思った。

「渋谷は俺を泣かせたいんじゃなかった？　ほんとは怒らせたいの」

違うんだ。動揺する高井を見たい。動揺して赤くなる高井も見たかった。一度思いつくとどうしても実行したくなって、ぐるりと身体を起こして高井の身体の上に乗った。組み敷かれた時よりもずっと気持ちが楽だ。でも、高井が微笑んだので俺は泣きたくなった。

「どうした？」

「わかんねえ」

「はー俺もしかして運を使い果たしちゃった？　渋谷からキスしてくれるだけでも泣きそうなのになにこの絶景。鼻血ふきそう。今日の運だけじゃ足りないかも。しあわせすぎて明日は階段踏み外すかもしれない」

「いっそ落ちろ」

俺の腕をひいて、自分の身体の上で抱きしめた高井は「またまた」と言った。背中をなでるてのひらはいつもと同じように優しい。悔しさがこみあげてきて服をがじがじと噛んだ。

「のびるって」

服をくちから引き抜かれる。

「渋谷のその癖、小犬みたいだな。時々、服の袖も噛んでるだろ」

変なことで笑っている高井を見て、やっぱり犬を飼ってたことがあるのかなと思った。それならやっぱりハチ公を借りてくればよかった。

でもそれよりも高井の好きなのは俺のはずだから、知らない犬なんかより俺が死んだら泣くのかなと思いつく。

俺の低い想像力ではそこまでが限界で、俺が死んだあと高井が泣いているのかせいせいしているのかは未知のままだった。

「あんまりひっついてると、エロいことするよ」

「すれば」

なげやりに答えたら、ぴたりと背中をなでていた指が止まった。息が止まりそうなほど強く抱きしめられる。

痛かったのにものすごく嬉しくなる。無理に頭を動かして高井を見たら、首の後ろをつかまれて、くちづけられた。のどが苦しかったので、高井の身体を押し返した。

「渋谷、くちもっとあけて」

顔を両手でつかまれて逃げることもできない。耳にふれている手は大きくて骨ばっていた。キスを繰り返して、舌を飲まされるくらいに奥まで入れられて、仰向けだったらえずいているような行為に脳が痺れた。

「苦しい」

「これ脱がすよ」

くちづけたままで、羽織っていたパーカーを脱がされる。シャツの薄い生地の上からだったけれど、さっきよりもてのひらの感触が伝わってきた。裾から入った手が当たり前のように俺のシャツを脱がせようとした。

冷えた空気にさらされると、夢から覚めた心地がした。頭は冷静にスイッチを切り替えてしまって、どっと冷や汗が吹き出てきた。

「た、高井」

「やめるのは無理。おまえが煽《あお》ったんだろ」

本当にそうだった。

でもそう言われると、とんでもなく間違ったことをしたみたいに怖くなる。逃げられないように二の腕をつかまれて、さっきまでみたいなキスをされる。うまく舌を絡められなくなっていた。

「う」

奥歯を食いしばる。逃げたい気持ちを察したのか、高井はくるんと身体を入れ替えて、俺を組み敷いた。

「渋谷、ちゃんとキスさせて」

なだめるようにくちの端を舐められたけれど、余分に入った力は抜けなかった。背中も脇も汗だくで、それで余計に身体をさわられるのがつらい。

スウェット越しにだったけれど、性器をさわられる。小さくなった性器はくにゃくにゃで、さわられても一向に反応しなくて、がまんしろと自分に言い聞かせるくらいしかできなくなる。

足の指はシーツにくい込むくらいに丸まっていた。つちふまずをなでられてから、指を一本ずつなぞられる。

「小っさい爪」

高井は握りしめた足先を少し持ち上げて、指先をなめた。思わず上半身を起こす。

「ぱ、パス！」

「はいはい。今日はパス一回までね」

足先にキスされて、かかとが尻につくくらい深くひざを立てられる。

「ちが、違う。高井」

逃げようとしたけれど、腰をつかまれた。高井は俺のへそを舐めた。舌は生ぬるくて柔らかくて、身体の真ん中を確かめるようにさらに下へなぞった。

「なあ、このまま舐めたらイヤ？」

想像したらゾッとした。高井の髪にふれていた手をひっこめて両手で自分のくちを押さえた。押さえないと叫び出しそうだった。

高井は困った顔で俺を見下ろした。悲しそうに見えた。

「はあ。渋谷にいじめられて泣きそう」

「……俺のほうが泣きそうだ」

「ちょっとだけこうさせて。もう何もしないから怖がらなくていいよ」

高井は胸の上にひたいを押し付けた。心臓が飛び出しそうなほどドクドクいってるのが聞こえなければいい。

今、高井が泣いていたとしても嬉しくなかった。見たかったのはそんなものじゃない。そうでなければこんなにも胸が痛くならないはずだ。

高井が「あれ、会長」と顔を上げたので、俺もつられて私服のふたり連れを見上げた。ひとりがため息をついて俺を指差した。

「おまえ今の顔。絶対に忘れてるだろ」

「まあまあ倉敷。顔合わせるの去年の夏以来だもんね。あ、元生徒会長の梶です」

差し出された手は綺麗で、苦労したこともなさそうなお坊ちゃん然とした雰囲気とよく似ていた。握手で再会をしめす人は初めてだ。断れない空気を醸し出していたので手を握った。

元生徒会長は自然と俺の横に座った。驚いたけれど、つい身体を横にずらしてスペースを空けてしまった。

「おまえたちどうせ同じ家に帰るのに、ファミレスデートとはベタすぎじゃないのか?」

「はは、倉敷からデートとか聞くと気持ち悪い」

向かい側の高井の横にもうひとりも座る。俺の隣の元会長は案内していた店員に「ここでいいです」と微笑みかけていた。

こいつらはテーブルの上の参考書を見てわからないのか。デートでも時間つぶしでもなく思いきり勉強中だ。

高井はうきうきして見える。勉強から解放されそうで嬉しいって期待が満ちていた。店に入ってまだ四十分。飽きてる空気を握り潰して無理やり座らせていたのに。テーブルの下で高井の脚を蹴った。

「痛っ! 会長たちがデートの邪魔するから渋谷が怒った! 俺わるくないのに!」

「帰る」

「えっ、そ、そうだよね邪魔だよね。倉敷、邪魔しちゃ悪いから僕たちが帰ろうか」

「おまえのそういう天然か計算かわからん発言が、さらに渋谷を刺激してるのに気づかないのか」

「まあまあ渋谷落ち着いて。この問題解けたから答え合わせしてよ。あ、会長この店すごいでかいハンバーガーあるよ」

おろおろしていた男は俺と高井を見比べて、結局差し出された期間限定メニューの紙を受け取った。

どいてくれないと席から出られない。

「へーおいしそう。モンスターメガバーガーだって。このあとご飯出るかな」

「ツマミだけだろう。開店パーティなんてアルコールくらいしか期待できない」

「じゃあ頼んじゃおう。すいません！」

てきぱきハンバーガーのオーダーをすませ、倉敷はメニューも見ず「きつねうどん」と言い、高井は特製デミグラスソースハンバーグと続けた。

「渋谷は？」

「夕飯があるんじゃないのか」

「父さんは出版社の人と飲んで帰るからって言ってたから、夕飯食べてこ。なあ、シーフードドリアも食べたいから渋谷それにしなよ」

「なんで」

「半分こすれば一度で二度美味しいじゃん」

意味が違うと思ったけれど馬鹿馬鹿しくてくちにはしなかった。倉敷が参考書を取り上げた。

「職員室で高井のカンニングが取りざたされていたが、案外、正攻法でやっているんだな。馬鹿は成績があがっても苦労するな」

「ええ、俺疑われてた？　つか倉敷、学校来てもいないのになんでそんなの知ってるんだよ。もう卒業式も済んだし、三年は受験終わってからは来なくていいんじゃなかったっけ」

「僕たち生徒会の引継ぎとかで時々来ているよ」

「会長は結局うちの大学にしたの？」

「うん。それで早々に受験勉強しなくてよくなったから助かったよ。高井も来年はうちの大学に進むの？　渋谷君と一緒に？」

急に名前を呼ばれて、彼は俺の顔を見た。首を横に振る。

「渋谷はもっと上狙うんだって。ああ、俺もうちょっと頭良かったらなあ。同じとこ行くのに」

テーブルにあごをのせて子どもっぽくくちを突らせる。倉敷は「無理だろう」と即答した。

「だ、断定はどうかな。高井はやればできる子だよね。渋谷君としては一緒に行ってほしいんでしょ」

元生徒会長が焦ったようにとりなしたが、俺は首を横に振った。

「いや全然。こいつの頭じゃエスカレーターすら無理かもしれない。うちの大学はエスカレーターとは名ばかりで試験と内申点で七割は落とすから、難易度では他校を受験するのとそう変わらないですし」

俺が言うと、高井は「渋谷ひどい！」とわめいた。

「でもさ、高井は内申点は悪くないんじゃない？　生徒会もやってるし」

「内申点って一年からの成績も含むんですよ」

俺が言うと、優しい元生徒会長ですら、ああ、と視線をそらした。

最後の裏技に、スポーツ推薦枠を狙って高井は今年から運動部に入った。今までも試合に駆り出されていたものの、部員として登録されていなければ記録に残らないので意味がない。

「でも渋谷君すごいね。入学した時から頭いいって評判だったけど」

「素行の悪さばかり目立っていたから教師以外で知っているやつは少ないけどな。ずいぶんと丸くなったな。馬鹿に毒されたか？」

カチンときて倉敷を見た。

「ちょっと、見つめ合うの禁止！　倉敷、いやらしい目で渋谷のこと見るのやめて」

「目も腐ってるのかおまえ」

「目もって、頭もってことじゃないよな」

「わかっているなら聞くなよ」

高井と倉敷はひたいがぶつかるくらい顔を近づけて、手を握りあっている。

「あ、心配しないで渋谷君。恋人繋ぎしてるけど疑わしい関係じゃないからね。幼なじみだからちょっと距離感近いだけだから」

「疑ったりしてません」

完全に彼らのペースで帰りたくなる。また学校に行くようになったものの高井以外の学生としゃべることはほぼない。俺にびびっていない相手との会話自体が久しぶりで疲れてしまう。

元会長は見たことない昆虫を前にわくわくしてる子どもみたいな顔だったので、ちょっと身をひく。

「去年と印象違うと思ったら髪短くしたんだね。こんなに近くで見るの初めてだけど、渋谷君、綺麗な顔してるなあ。怖いイメージがあったけど、こんなことなら早く知り合っておけばよかったねえ」

知り合ってどうしようというのか。高井は時々おかしいけれど、まわりにいる人間もやっぱりおかしい。

「どうも……」

「あ、ハンバーガーきた」

ドンと置かれたタワーのようなハンバーガーにあっけにとられていると、店員は間違えることもなくそれぞれの前に食器を置いた。どこから手を出すのか見守っていると、梶は目を丸くした。

「嘘、パイナップル入ってる」

「ハワイアンって書いてあるからな」

倉敷はうどんのために割った割り箸で、タワーの上の方から黄色いパイナップルのかけらを引き抜いた。

デミグラスハンバーグとシーフードドリアを器用に半分にしていた高井はそれを見て自分のフォークも伸ばす。

「あ、これジェンガみてえ」

高井が別のパイナップルのかけらにフォークを刺し、それをくちに入れた。やわらかくなったそれは甘そうだった。味をしめたのかもう一度フォークを伸ばす。

「はい、渋谷もあーん」

くちにフォークを突っ込まれる。ソースの味と甘い果物の味が口内に広がった。倉敷が無表情に「おまわりさーん、ここにほもがいますー」とつぶやいた。

「パイナップルってたまに食べるとおいしいよな」

一緒にもぐもぐしていると、確かに甘くてうまかった。なのに気持ちは萎《な》えた。顔も上げられない。

「帰る」

「えーハンバーグもうちょっとあげるから帰んないで」

湯気をたてているミンチのかたまりを、もう一度切りわける。

「はい、あーん」

今度は手加減なしにすねを蹴ると、高井は声も出せずに悶絶《もんぜつ》した。服をぎゅっと握られた倉敷は、面倒そうにそれを払いのける。

「渋谷は……パイナップルが好き」

「遺言か？」

苦しみながらつぶやいた高井に倉敷がうどんを食べながら尋ねた。

「や、渋谷の好きなものリスト」と言って、へらっと高井が笑う。

人体の中でどこが一番蹴られたらつらいだろう。授業で見た解剖図を思いえがく。

「おい。おまえの彼氏が殺しそうな目で見てるぞ」

「ほ、ほら渋谷君。ハンバーガーも食べる？　とりわけようか？」

俺の肩を叩いて、同情を浮かべた梶に取り皿を渡された。乗せられたハンバーガを上から垂直にぐさぐさっとフォークの柄が埋まるほど串刺しにして、もそもそと食べる。

パイナップルの味だけが気になった。

「わーワイルドー」

力ない感心の声が隣から聞こえる。倉敷がため息をついた。

「こんなに気性が荒くて、セックス恐怖症じゃ詐欺だな」

フォークまで噛み砕きそうになってガチンと音がした。くちの中が切れて鉄の味がする。

高井は一瞬の間の後、ああってなって、眼鏡は「別に間違ってないんだろ」と言った。俺はもう死にたいなって思ってカバンを手にすると、ソファの上に立つ。

一歩目でテーブルの真ん中に乗り上げて、二歩目で眼鏡のほおを蹴った。かわいた音がした。眼鏡は床に飛んで、通りかかった店員が悲鳴を上げた。

ポケットに両手を入れたまま床に飛び降りる。高井を振り返ると、自分が蹴られもしなかったことがショック、みたいな顔をしていた。無視して店を出た。

煙草を吸いながら街を歩く。制服で学校指定のカバンを肩からさげているので、サラリーマンがちらりと俺を見たが、もちろん声はかけずにすれ違う。

煙草をくわえるとがじがじと噛んだ。最近は家で吸えないので煙草を買うことが無くなった。唯一、こっそり吸えるのは高井の部屋のバルコニーくらいで、でもその部屋では煙草を吸う以外のことをすることが多かったので、いつの間にか本数も減った。

ぐしゃっと空になったソフトケースを握り潰す。

大通りの反対側にコンビニが見えて、歩道橋を渡ろうかと思ったけれど、たぶん衝動的に飛び降りちゃうだろうと思ったので新しい煙草は諦めることにした。

高井は追いかけてこなかった。何度か曲がり角を曲がったので、追いついてこれないだけかもしれない。

追いついてきたら殴ればいいだけなのに、途中で追いたてられるように走り出してしまったので、ずっと後ろにいるのかもしれない。地の果てまで探しまわってろ。

でも馬鹿は俺を探してなんていなくて今もファミレスで、陰険眼鏡と俺のことをさかなにしているかもしれない。途端になにも考えたくなくなって空を見上げた。

鼻の奥がつんとする。やっぱりなにか考えていないと駄目だ。

携帯が鳴りだした。いっそ折ろうと思ったけれど、高井の母親が買ってくれたものだったのでためらった。

携帯電話を持つのは初めてなので、それがどれくらいの値段なのかすら知らない。かかってくるくらいしか使い道のないそれには、高井と母親の番号しか登録されていなかった。

高井からだと思ったのに、番号は母親のものだった。

「はい」

慌てて電話に出る。

「アカネ君? よかったー家の鍵忘れちゃってね、困ってたの。ねえいま近くにいる?」

「え、と。学校の近くです」

あたりを見回すと、メトロのマークがあった。

どこか遠くに逃げ出したい、と思っていた気持ちが急速に萎えてきて、携帯を持ち直した。

「あの、俺すぐに帰ります」

「助かるわ。今夜はお父さんがいないの忘れちゃってて。そういえば出版社の人と飲みで遅くなるって言ってたわよね。わたし今日はもう家で寝るだけだから慌てなくていいわよ。近所でお茶でも飲んでるからよろしくね」

高井の母親とはふたりで話すことがほとんどないので、電話越しでも少し緊張した。最寄駅で電車を降りると、まず目についたコーヒーチェーン店をのぞいてみた。

住宅街のせいか高校生の姿はほとんどなく、店内は香ばしいコーヒーの香りがするだけで、静かで落ち着いた雰囲気だった。

ぐるりと店内をまわって、母親の姿がなかったので首をかしげた。他の店をあたろうと歩き出すと、「アカネ君こっちー！」と陽気な声が聞こえた。

古めかしいおでん屋の屋台に、高級なスーツを着た美人が座っている光景はシュールだったが、高井の母親は気後れした様子もなく透明なグラスを傾けている。

外国から輸入されたような家が立ち並ぶこの界隈で、おでん屋自体が風景から浮きたっていた。店主はほおに傷があっても不思議じゃないくらいいかつくて、俺はわずかに身構えた。

「鍵、持ってきました」

「そんなのいいわよ。それよりここ座んなさい。おでん食べる？」

普段はひとつにまとめている髪も解かれ、目元がうっすらと赤く染まっていて、これやばいと本能が告げた。ぐいぐいと腕を引っ張られてその横に座る。

「この子にも同じの頂戴。アカネ君おでん好きでしょ。玉子も入れてあげて。あとおすすめは大根。わたしここの大根だいすきなのよ」

強引なところが高井に似ていた。強引なのに嫌じゃない。箸を持つ指先は、貝殻のようにきらきらしていた。

店主は世間話のつもりか「よく似た息子さんですね」と言った。

俺が丁寧語だったから、どういう関係か確かめたかっただけなのかもしれない。彼女は少しだけきょとんとして、それから俺の背中をバンバンと景気よく叩く。

「そうなのよ、美人なの。うちの息子ってわたしに似て面食いだから」

それじゃ意味が通じないだろうと思ったけれど、店主は仏頂面を一ミリもくずさず皿におでんを盛っていた。

ことりと差しだされた湯気の立つそれは、美味しそうだった。

「日本酒は飲める？」

「……未成年、ですから」

しかも俺制服なんですけど、とぼそぼそと言うと、法律をめしのタネにしているはずの彼女は悪びれずにっこりして、「家に帰って着替えてきたらわからないんじゃない？」と言った。

店主から景気よくそそがれる透明な液体を見つめながら、営業停止になりやしないかと人ごとながらひやひやする。

幸いに、小さな店には俺たちふたりしか座っていない。店主は割り箸ではなく、木のつるつるした箸を俺の前に置いた。

母親の箸とは木の色が違う。繊細とはほど遠い外見の店主は俺の疑問に気づいたのか、「置き箸です。千春さんも国昭《くにあき》さんもうちのお得意様ですから」と言った。

ひどくドスのきいた声に高井の母親は満足して、自慢げに紺色の箸の先をカツと鳴らした。

箸の持ち手にはなぜか新幹線のイラストが描かれていた。

「このひと、旦那の元同僚で教師だったの。脱サラしておでん屋やってるんだ」と華やかに微笑む。

女優みたいだとも、女子高生みたいとも思える笑顔だった。

ふたりだけで並んで夕食を食べるのは初めてだった。彼女の帰りはいつも遅く、ゆっくり過ごす休日もあまりない。

最近は学校どう、とか高井の成績なんかについて聞かれ、ギリギリで進級できそうだと正直に報告すると、馬鹿な子でごめんねーと困ったようにため息をついた。

そういうところは普通の母親のようだと思ったが、俺は普通の母親というものを知らなかったので、ひどくあいまいな感想だった。

「そういえばあの子ったらひどいのよ。鍵無くしたって電話したら、今それどころじゃないって切るんだもん。大黒柱にその態度はないわよね。わたしのありがたみがわかるまでしめだしてやろーかしら」

それはきっと俺のせいだったので、どきりとして慌ててがんもどきをくちに放り込んだ。必死でもぐもぐしていると視線がつきささる。

「ねえ、アカネ君ってあれ守ってるの」

「なんですか」

「セックス禁止令」

がんもどきが逆流しそうになった。それまで柱みたいに気配を消していた店主が、ちらりと俺を見たのでさらに身の置きどころがなくなる。

「だって家では聞けないでしょう？　お父さんにも怒られるし、国春はくちきいてくれなくなるし。海外だったら小学生でもこんなこと話題にしてるっていうのに、日本って性に関して暗黙の了解が多すぎると思わない？」

「からむのやめてください」

消え入りそうな声でそれだけつぶやいた。彼女はなに可愛こぶってるのよ、と豪快に笑った。

「言いだしたのはわたしだけど。まあ子どもができるわけじゃないし、別にあんな口約束もうどうでもいいんだけど」

「孫、ほしいんですか？」

「孫とか一気に老けた気がするからやめて。ひとの話聞いてた？　国春がしあわせで、それでアカネ君もしあわせなら文句はないっていうおかあさまの寛容さをありがたがってよ」

「絶対酔ってますよね」

「うふふ、今日は大口の仕事が片付いたからそのお祝い」

「おめでとうございます」

「ありがと。あんたたちもやることやっていっちゃいちゃしてればいいわ」

これはきっと父さんがいないから八つ当たりだ。お祝いしたいくらいしあわせな気分の時に、そばに好きな人がいなかったら、かえってやさぐれる気持ちは少しだけわかった。

「お父さん、夜中には帰ってくるって言ってましたよ」

グラスをあけた彼女に、ぎろっと横目で睨まれる。

「子どものくせに見透かすようなこと言うのやめて」

「別に。高井さんが感情だだもれだから仕方ないんじゃないですか」

「おかあさん！」

「……おかあさんが感情だだもれだから仕方ないと思います」

「二回言ったわね。国春に言いつけるわよ」

高井の顔が浮かんで返事に困ると、彼女はにやあっとそれは意地わるそうに笑ってくちもとに手をあてた。

童話だったら間違いなくいじわるな継母《ままはは》の顔だ。

「ふふ、喧嘩してるんでしょう。だってあんたたちが一緒にいないなんて珍しいじゃない。あの子が苛々してたのもアカネ君のせいなんでしょ？」

「たまには別々のこともありますよ。お父さんとお母さんみたいに」

「感じ悪い！　国春の弟なんだからもっと子どもっぽいこと言いなさいよ！　わたしがなんか言ったらおどおどしてたでしょ。あれどこにやっちゃったの？　もう少し楽しませてよ」

「無理です」

「かっわいくない。ねえ可愛くないと思うでしょ、沢野《さわの》」

「千春さんに似ていると思います」

「ばかー接客業なめんな！」

高井家は本当に酒癖が悪い。どうせ明日になったらなにも覚えていないに違いない。はあ、とため息をついておでんの残りをぼそぼそと食べた。

あたりはすっかり暗くなっていたし、母さんの足どりがあぶなっかしかったので肩をかそうとした。

でも綺麗な指先が首にふれたら、他人の肌の感触に思わず身をひいてしまった。彼女は一瞬だけ酔いがさめたようにそれを見てから、ひらひらと指先を振った。

「ひっかいちゃった？　ごめんね。タクシー拾うから大丈夫よ。肩組んで歩くなんて酔っ払いみたいな真似、できるわけないし」

そう言って、最後まで寡黙《かもく》だった店主に別れを告げると、店のすぐ横であっさりとタクシーをつかまえた。

ワンメーターだったけれど、母親が美人のせいか、運転手は喜んで乗せてくれた。

家に着くと車から降りた途端スーツ姿のまま腕を伸ばして背中を反らせた。猫みたいな仕草だ。俺も車から降りる時に少しくらっとしたので、伸びでもして酔いをふり払おうかと思う。

「あら、電気ついてるじゃない」

そう言ったのと、玄関が開いたのは同時だった。

「渋谷！」

焦った顔でポーチを走ってくるのを見て思い出した。すっかり忘れていた。俺、怒っていたんだった。

「ちょっと、母親は無視？」

「鍵忘れたっていうから帰ってきたのに、ふたりでどこ行ってたんだよ。掛け直したら電源切ってるし」

「先に電話切ったのあんたでしょ」

「子どもじゃないんだからくちとがらすなよ。母さん飲んでるだろ。え、渋谷もなんか顔赤くねえの？」

「こんな馬鹿、ほっといて行きましょうアカネ君」

母さんが俺を引っ張った。手じゃなくてブレザーの袖をつかんでいるのが強引な彼女らしくなかったので、気を遣われているとわかった。彼女はすれ違いざま高井を見つめた。それは睨む、に近い。

「あんたに断られたら、わたしがアカネ君に泣きつくと思ってたんでしょ。わたしに言われたら嫌々だったとしても家には帰ってくるものね。あんまりこの子を振り回すんじゃないわよ」

高井が言葉に詰まっている間に、玄関を通り抜けてぽいぽいと無造作に靴を脱いだ。

俺はぽかんとその後ろ姿を見送って、敵だったら怖い人だな、と思いながら投げ捨てられたベージュのハイヒールを拾い上げた。でもいま彼女は俺の味方だった。

先のとがったそれをそろえて、シュークローゼットにしまった。玄関に座って靴を脱いでいると、高井がゆっくりと入ってきた。

「おまえ、そこまで考えてた？」

高井は自分で閉めたドアに寄りかかって、「わかんない。でも母さんが渋谷に連絡してれば、家にいたほうが会えるなとは思った」と答えた。

「ふうん。まあ間違ってなかったからいいんじゃねえの。地の果てとか探しにいってたら、無駄足になってただろ」

どっちでも良かった。のこのこ家に帰ってきてしまっていたし、これからもう一度ケンカをむしかえすほどの元気はなかった。俺が蹴ったのは高井じゃなくて倉敷のほうだったから、これは喧嘩なのかすらあやしく思う。

制服から部屋着に着替えていた高井は、俺の前にしゃがみ込んだ。体育座りみたいにひざをかかえているのがあざとくて、可愛く思える自分に腹が立つ。

「殴ってもいいよ」

「ドエム」

俺は鼻で笑った。去年、力いっぱい殴った高井のほおが腫れたのを思い出す。もうそんなことができるはずもなかった。

パーカーの胸元をぐいとつかみ上げると、その場に立たせた。

「ここじゃまずいよな」

ぐいぐいと引っ張って二階への階段を上がる。高井はおとなしく引きずられるのに任せていたけれど、ちらりと横目で見たら俺の意図がわからなくて困り果てていた。

でも殴られる覚悟は言葉だけじゃなかったのか、部屋に引きずり込んでドアに押し付けると、ぎゅっと奥歯を噛みしめた。

ドアを背にして目までつむった顔を、一秒だけ見つめる。あの後、ほおはどれくらいのあいだ腫れていたのかな。俺がいなくなっても、痣を見たら俺を思い出したりしたのだろうか。

立ち尽くした高井の足元にひざまずく。

俺に腹がぺたんこだとよく言う高井の腹も、やっぱりぺたんこじゃないかと思った。緊張で力がこもっているのか、薄いシャツに筋肉のすじがうっすら浮いていた。そこにくちづけたい気持ちがわき上がってきたけれど、カーゴパンツのボタンを外すのが先だ。

高井の気配がざわっと興奮したので、俺は気分をよくした。

「ちょ、渋谷！」

慌てて俺の頭を押しのけようとしたけれど無視した。

くちに含んだら、冷たくてやわらかい肌の味がした。ボクサーパンツにかけていた指に力を込めて顔を寄せた。

やり方なんてひとつも知らない。飲み込んで少し歯を立てたら、びくりとした高井の腕がドアにあたって鈍い音をたてた。

ただ舐めて、くちに含むだけだったけれど、目が覚めたみたいに大きくなるのでこれでいいのかなと思った。

くちゅ、と唾液がまとわりついて、俺は鼻で息をしなくちゃならなくなった。

吐き出した息が自分のものじゃないみたいに熱かったから、きっと俺のくちの中も熱いだろうなと想像する。

上目遣いで見上げると高井と目が合う。高井はいっぱいいっぱいの顔で、くちを押さえていた手の下で、はあとため息みたいな空気を吐いた。

「なんだろこれ、夢?」

それを聞いてのどの奥で笑う。その刺激で、痙攣するようにくちの中で性器が大きくなって、高井はわ、と言った。

「渋谷、酔ってるだろ」

「はあ?」

なんか文句あるのかよ、と俺はもごもごと言い返した。フェラしながらだと話し辛い、とくちの中のものを少し邪魔に思った。

まぶたの裏が熱かった。男のものをくわえているのは滑稽だったけれど、高井がうろたえているのを肌で感じるのは悪くなかったし、身体をさわられるより嫌悪感はわかなかった。

落ち込んでいた気分が上向くのを感じる。

根元に手をそえて、しごくようにくちびるを前後させると、押し戻すようにひたいに手が押し当てられた。

「待って。マジでやばい」

焦った声が耳に心地良かった。高井は俺の前髪をきゅっと握った。

「なあ怒ってんの?」

別に怒っていない。苛々したのはきっと、倉敷のほうが俺よりも高井の信頼を勝ち得ていると思ったからだ。あんな陰険眼鏡、消えてしまえばいいのに。

「アカネ」

　くるんと視界がまわった。驚いてくちを離したらぎゅうと胃が縮みあがって、のどが焼けるように熱くなった。まずいと思った時にはもう、熱湯みたいな液体がくちからこぼれおち、たて続けにさっき食べたものを吐き出した。

　とめる間もなかった。

「渋谷！」

　鼻の奥が痛くなって、意識しなかったのに涙がわき上がってきた。お化け屋敷にびっくりして泣きだすのと変わらない、生理的な涙だった。茶色のフローリングがかすんで見える。

「いいよ。我慢しないで吐きな」

　背中をなでるてのひらが、俺が吐き終わったのを見計らって脇の下に回った。げほ、とむせたら高井の肩を汚してしまったけれど、気にした様子もなく抱き上げられる。

　腕をつっぱって顔を離そうとしたのに、高井はそれを許さなかった。首の後ろを支えている手はかさかさとしていて、貝殻みたいでなめらかな指先とは全然違った。

　トイレの中で胃が空っぽになるまで吐いて、俺はすえた匂いにまみれながら、立ちあがる気力さえなくなった。見慣れた白い壁も便器もまるで現実感がなかった。

　高井はずっと俺の背中をなでていた。

「何か飲める？」

ゆっくりと頭を振ったら、目の奥が針で刺されたように痛んだ。隣にいる高井の服をきゅっとつかんで、そこにいるって確かめた。高井の服を汚してしまうと思ったのに、どうしても指が離せなかった。

「……シャワー」

「うん、シャワーでいい？　風呂わかそうか」

俺は黙ってよろよろと立ちあがると、高井をそこに残して二階の風呂場に向かった。

浴室までたどり着くと、足に力が入らなくなってタイルの上に座り込んだ。頭からシャワーを浴びると、冷え切った水にびくりと震えた。

指先は冷たさ以外のなにかでがたがた震えていた。なにひとつ俺の思い通りにならない身体が恨めしくて、せきを切ったように涙がこぼれた。

俺のやったことは最初から最後まで全部失敗だったと気がついた。ひとつも高井のためを思ってしたことじゃなくて、俺が高井に好かれたくてやってるだけで、それは高井にとっては、押し付けられる親切と同じくらい迷惑なことだった。

くちびるを噛んで顔をぬぐうと汚れたワイシャツを脱いだ。風呂場には鏡があった。薄暗い銀色にうつっているのは、骨ばっていて醜い男の身体だった。

腹の傷跡をそっと指でなでた。日常的につけられてきた傷は、深いものだと皮ふはひきつれているし、縫ったあともいまだ生々しく残っている。あいつはよくこんな身体を見ても萎えないなと思った。

シャワーで身体についた汚れを落としている間に、ブレザーのズボンは水をたっぷり吸って色をさらに黒くしていた。

ベルトに手をかけて、おぼつかない手でそれをはずす。全部脱ぐと足の付け根の大きな傷が目に入った。

自分でさわるのは生まれて初めてだった。すっかり縮こまった性器は冷たい水にふれたら余計にすくんで、魚みたいに横たわっていた。自分のは見るのだって気持ちが悪くて、さわっちゃいけないものだという考えが、約束事のように身体を支配する。

くちの中で大きくなった高井のものを思い浮かべたら、ただでさえまともに働いていなかった頭が痺れた。

ぎゅっと、握りしめただけで俺は動けなくなる。高井がどんな顔をしていたかを必死に思い出そうとしたのに、もやがかかったように記憶が定まらなかった。

息苦しさは増して、ほんの少し手を動かすだけのことすらできなかった。

思い出したくないのに覚えていた。子どもの頃、寝ている間に女に犯された。恐怖はあれだけじゃなかった。途中で父親が帰ってきて、助けてもらえると思ったのに父親は女よりも俺に激怒した。刃物を持ち出して性器を切ろうと足の付け根を切りつけた。女が騒がなければ、あの時に殺されていたかもしれない。

高井が想像して同情するよりもずっと、俺はろくな生き方をしていない。

くちをあけてシャワーの水を飲んだ。ごくごく飲み込んで身体中が水でいっぱいになるまでそれを繰り返した。

そのうちに咳き込んでしまい、飲んだばかりの水まで吐いてしまった。

服を乱暴に脱ぎ捨てて、身体中をボディソープで洗った。最後に思いついてシャワーをお湯に変えた。冷たい水を浴びていたのが高井に気づかれないように願った。

冬の終わり

早朝の改札口で遠くに駅のアナウンスを聞きながら、爪の先を握るだけで気配が強張った渋谷を見て、それで俺は少しだけ離れたほうがいいのかもしれないと思った。

俺はまたねと言って、渋谷はじゃあなと呟いた。会えることを信じているのは俺だけなのかもしれなかった。

秋が終わり、冬が来て、そのあいだ俺はずっとホストクラブのウェイターをしていた。

渋谷の働いていたバーの雰囲気とは店の様子はずいぶん違っていたけれど、掃除をしたり酒を作ることに違いなんかない。笑顔でいるのは得意で、寮まで完備されたこの店は居心地のいい場所だったし、日中は別のところでも働いていたので時間的にもちょうどよかった。

携帯に登録した、渋谷の連絡先を思い浮かべた。

もともとは渋谷の財布に折りたたんでしまわれた、施設一覧の隅に書きなぐられた電話番号だったけれど、俺はその十桁を覚えて携帯に登録し、まるでお守りのように思っていた。

父さんに家出すると連絡したきり、携帯の電源は入れていない。携帯から居場所が特定されてしまうと映画で見たことがあった。

オーナーから呼び出されて、おまえの写真を持って訪ねてきた男がいたから、知らないふりで追い払っておいたと伝えられた。

「ひょっとして何かやらかして逃げているのか？」と神妙な顔で尋ねられて、俺はつとめて真面目な顔で、駆け落ちした恋人の親かもしれないと答えた。オーナーはなるほどと訳知り顔でうなずき、自分によくやったと言い聞かせているようだった。

世間は意外と駆け落ちに優しい。ずいぶんな優男だったから、てっきりおまえが前につとめていたホストクラブの知り合いかと思ったと言われて、それなら父さんかなと思った。父さんは恋愛小説家なんかやめて、探偵にでも転職したらいいんじゃないのだろうか。

おんぼろの不動産屋の前で足を止めた。それからはあっという間のできごとで、翌日の午後には小柄で丸顔の不動産屋のおっさんの運転する車で、でこぼこの山道を走っていた。

電車どころかすれ違う乗用車の影すら見えなくて、急いで免許を取らないとと思った。自動車免許にも取得できる年齢が決められていたような気がするけれど、十七だし大丈夫だろ、とうろ覚えな記憶で心配を一蹴した。

うるさいくらいにしゃべっていた俺が急に黙り込んだので、運転席のおっさんはちらりとこちらを見た。

「どげんした、あまりに山ん中で驚いたか。ここはくさ、若者の住むような場所じゃなかけど電気も水道もきとうから安心せえ」

ガラガラ声のおっさんは俺の沈黙を遮った。

戸口を壊さんばかりの勢いで店に飛び込んだ時には、面倒なガキが来たと言わんばかりの迷惑顔で、実際に「親のすねばかじっちるボウズが生意気なこつばゆうな。今すぐ帰らんと警察ば呼ぶぞ」と怒鳴られたりもしたけれど、なんだか結局こういうことになっているからおかしなものだ。

おっさんの店のガラス戸には日焼けした間取り図が貼られているだけで客の姿はなかったので、ひょっとしたら暇つぶしなのかもしれない。

山を越え、たどり着いた先には海が広がっていた。俺は家の横に立ってみて、それからその隣にもうひとりの姿を思い浮かべてしあわせな気持ちになった。

「おっさん、俺ここにする！」

「アホ。ちゃんと家の中も見てから決めろ。おまえだけが住むんばなかちゃろう。だいたかあ、家ってもんはそげに簡単に決めるものではなく……おいバカ、なんばしとる！」

革靴のまま砂浜に向かって走り出した。

海に足を踏み入れる。ワカメだとか枯れ葉だとかが浮いていて、地獄みたいに冷たい。打ち捨てられた家を振り返って、やっぱり天国みたいなところだと浮かれた。

波がじわりとズボンの裾を濡らす。着替えを持ってきていないので、今夜はこれで仕事に出なくちゃいけない。でもまあ、あの照明の中では誰もひとの足元なんか気にしないだろう。

「夏はここで泳げるかな」

「そげんとっときの物件やったら、とっくの昔にここには借り手がついとる。遊泳禁止区域の立札がそげんあっちゃろう」

指さされた立札は砂浜で案山子《かかし》のように乱暴に存在を主張していて、妙にかっちりした遊泳禁止の文字はおっさんの言葉を裏付けていた。俺はなにそれ水着の渋谷が見れると思ったのに、ってそこまで思っておかしくなって少し笑った。

渋谷が水着で泳ぐところなんて見たことがないから、それは完全に俺の妄想だ。びちゃびちゃ音を立てる靴の底に、砂がまとわりつく。

「いいよ、ここにする。気に入っちゃった。おっさんの店の前で『静かな海の前で別荘暮らしを』ってキャッチーなちらし見た時にもう決めてたからいいんだ。全然別荘なんていいもんじゃなさそうだけどな」

「手を入れればすぐに住めるごとはなる。うちも面倒な物件ば片付いてホッとしたけん、知り合いの業者をよこしてやってもよか」

「はは、おっさんやっぱり暇なの」

「くちの減らないガキたい。さっさと住めるようにしてやりようばってん、なに、恋人が待っとうんやないんか？」

その意味を噛みしめて、首をかしげる。俺がまたねと言って指を離した時の渋谷は、どんな顔をしていたのかな。

ざあっと荒い潮風が吹いた。おっさんは目をぎょろりとさせながら、「おい、嘘やっとう」

と怖い声で俺に詰め寄る。

「俺の好きなひとは、俺が迎えにくるなんて信じてないんだ。これから先の人生を誓ったなんて全然思ってない。誓ったのは俺ひとりなんだ」

はあ？　と呆れた声で言った。俺だって、言葉にしたらはあ？　と言いたくもなる。おっさんは困り切った顔で頭を掻《か》いた。

「まあ、なんやかわからんばい。ばってん、連絡くらいしてやれ。家は住む人間が一緒に決めるもんやけ」

ずっと、渋谷を迎えに行こうと思っていた。家を用意して、そこでふたりで暮らせば嫌なことはなにもないよと伝えたかった。

俺は携帯電話の電源を入れた。電池のマークは二本残っていて、画面には着信履歴がずらずらと並べたてられていたけれど、それにはかまわず番号を打ち込む。

応対した年配の女性の声に、俺は「渋谷アカネさんをお願いします」と告げる。

渋谷の下の名前を呼んだのはその時が初めてでどきどきしてしまう。相手はつかの間訝しんでからここにはいませんと冷淡に答えた。

「え、どこにいますか」と我ながら間抜けな声を出した。

「それは答えられません。あなた、どういった用件で連絡を取りたいんですか」

好きだからっていうのが理由にならないことは俺にもわかった。

せめて渋谷の身になにが起きたのかだけでも知りたかったけれど、質問に答えられなかった俺にはそれすら叶わなかった。一方的に通話を切られた。

呆然としていると、どこかで見ていたかのように着信音が鳴り出した。父さんは神様のように「おまえの負けだよ」と言った。

「渋谷君がいれば家出する意味はないだろう。早く帰ってきなさい」

群れからはぐれてしまった海鳥が鳴いた。

「渋谷はどこ」

「その話は帰ってからしよう」

「渋谷をどこへやったんだよ！」

父さんは急に不機嫌そうな声に変わり、「国春、落ち着いて聞きなさい」と言った。

「川に飛び込んだんだよ、渋谷君は」

川に飛び込んだ、というのは事実ではなかった。けれど、父さんの思わせぶりな言い方に驚いた俺はその日のうちに家に舞い戻った。

渋谷と離れなきゃ良かったと、帰りの新幹線の中で死ぬほど泣いて、玄関を開けた母さんに殴られた時にはもう涙なんか一滴も出ないほど干からびていた。

父さんはのんきに「早かったね」と言い、隣にいる渋谷に微笑みかけた。渋谷は居心地悪そうにしていた。

三ヶ月も前の出来事なのに、今、思い出しても心臓が潰れそうになる。

俺はシャワーを止めて浴室から出た。廊下で母さんとすれ違うと、不機嫌そうな顔をしていたので嫌な予感がする。案の定、「ちょっと国春。待ちなさい」と呼び止められた。

「なに」

「あんたもしかしてアカネ君に無理させてないわよね」

一瞬ぎくりとしたけれど、さっきまでの痕跡は残っていないはずだったので、俺は「なんのこと」ととぼけた。

「だいたい、俺と渋谷のことは母さんに関係ないだろ」

「何よ、今さら反抗期？　言っておくけどあの子が大人になるまでは、わたしとお父さんが大事に育てる約束なんだから、おかしなことしないでよ」

「おかしなことって、なに。渋谷になんか言われたの？」

母親は馬鹿じゃないのと言わんばかりの目で俺を見て、「わたしに告げ口できる子なら、あんたに忠告したりしないわよ」と言い切った。

俺は渋谷のことになると、自分が一番大事にしているんだって思いたかったから、母さんの忠告は残酷だった。

「アカネ君がこの環境に居心地の良さをおぼえたら、あんたの言うことにも逆らえなくなることだってあるのよ。セックスセックス言いたい年頃なのはわかってるけど、あの条件だってそういう意味があるの。無理させる前に、そこのところ考えてから行動しなさいよ」

「わかってるよ」

くちをとがらせたら、母親は「わかってないわよ」と怒った。

「あの子、他人にさわられるの苦手なんでしょう。他人と暮らすのがどれくらいストレスになると思ってるの。あんたの我が儘で一緒に暮らしてるんだから、それくらい我慢しなさい」

「我慢してる」

あんなことの後では後ろめたかった。

フェラをして吐いた渋谷は泣きながら俺に謝った。あれを無理させていないと言うのは、黒いものすら白だっていいきるくらいに難しかったので、うなだれたまま、くちを開く。

「渋谷がいやな思いをするのは俺だっていやだ。それから、母さんが渋谷と一緒に住まわせてくれて、心配してくれてることは、本当に感謝してるよ」

母親は虚をつかれて固まった後、こめかみに指をあてた。

「ああやだ、虫唾《むしず》が走るくらい良い子で苛々するわあんたって。わたしのひねくれた遺伝子はどこにも受け継がれてないの？」

「それって褒めてる？」

「褒めてないわ。お父さんにそっくりだって言っただけ」

「父さんに似てるなら褒めてるだろ」と首をかしげた。

なぜかじろりと睨まれる。

母さんは「お風呂入ってくる」とひらひら手を振って、話をおしまいにした。

リビングに向かう途中、階段から降りてきた渋谷と鉢合わせた。渋谷は俺と同じように頭からタオルをかぶっていたけれど、ちらりと見えた肌は真っ白で透き通るようだった。

近いものをあげるなら幽霊だ。俺はぎょっとして、のんびり風呂に浸かっていたことすら罪悪感を覚えるくらいに後悔した。

「渋谷」

「……なんだよ」

「俺のことまだ好き？」

渋谷は嫌な顔をしてタオルを退けた。いつも通りの渋谷の顔に戻ったので、心の底からほっとして笑顔になった。

「気持ち悪いの治まった？」

「普通、先にそっちを聞くだろ。馬鹿じゃねえの」と腕を小突かれる。

返事を聞いていないと思ったけれど、俺がそう聞いたら渋谷は嫌いとは言えないんじゃないかと思って、だからくちにしなかった。

母さんの言葉は少なからず俺を動揺させていた。

渋谷が綺麗な顔をしていなかったら、この関係はどうなっていたのだろうか。渋谷がもっと女の子にもてそうもない外見で、両親に愛されて育っていて、なに不自由のない俺と同じただの高校生だったら、俺はこんなに好きになっていたのだろうか。

かびた風呂場で、怖いといって泣いた渋谷を抱きしめた時、俺は渋谷に恋をした。そう思う時、俺は自分のひどさが嫌になる。

もともと『これ』は俺の中にあったんだろうか。それとも渋谷と出会って生まれてしまったのだろうか。渋谷がもう少し強くて、それで俺なんかにすがりつくことがなかったら、一緒にいる未来なんてなかったんじゃないかと思える。

「さっきのあれ、悪かったな」

ぼそりと呟かれて、驚いて振り向いた。タオルが邪魔でどんな顔をしてそれをくちにしたのかわからなかった。

「俺、今夜はリビングで寝るからおまえは一階で寝ろよ。俺のせいで部屋臭くなっちゃっただろ」

「一階って渋谷の部屋？　じゃあ渋谷の部屋で一緒に寝ればよくない？」

「嫌だよ」

にべもなく断られる。

渋谷はリビングにはついてきたのに、「アイス食わない？」と聞くと素っ気なく「いらない」と答えた。

　両手で抱えるくらい大きなアイスのカップを冷凍庫から取り出しながら、やっぱり俺のことを好きなのかどうか、聞きたい衝動に駆られた。

　キッチンの引き出しからステンレス製のアイスクリームディッシャーをとりだして、白い陶器の皿にアイスを盛りつける。渋谷が近寄ってきた。

「その店にあるみたいなの、何？」

「え、アイス掬《すく》うやつ。渋谷知らない？」

　先が丸くなっているディッシャーを水で洗う。

「やってみる？」と渡したら、渋谷はびっくりするほど素直にそれを受け取った。

　悪態のひとつもなく、物珍しげにそれを握ってカシャカシャ音を立てた。

　それから「アイス？」とカップを見た。カップには茶色と白とピンクのアイスがきっちり三等分されていて、俺が最初に掬ったアイスはバニラとチョコのマーブルになって器に丸まっている。

「あと苺《いちご》だけ掬ってくれる？」

　俺がそうお願いすると、渋谷はすんなり「わかった」と言って、どこから掬い始めようか角度を検討しはじめた。

　そんな難しいもんじゃないけど、と思いながら俺はテーブルの向かいの椅子に腰をおろして、先にマーブルのアイスをくちにした。

くるくるとピンク色のアイスが帯状に切り取られて、ディッシャーの半円のなかで丸まっていく。

人のを見ているのは確かに面白い。真剣な顔の渋谷を眺めるのは楽しかったけれど、俺は近ごろ色々と学んでいたのでくちには出さなかった。

「おお、渋谷うまいなー」

「おまえバカにしてるだろ」

器を差し出すと、渋谷は不機嫌な顔を消して、苺のアイスをころりと落とした。

おまえそれ、もう一回やりたいだけだろと内心で思う。渋谷は控えめに「食っていい？」と尋ねた。

「俺も食おうかな」

「もちろん。あ、コーンにする？　ワッフルコーンならそこの食器棚の下に入ってるよ」

ことんと首をかしげた渋谷は、言われたとおりに戸棚をあけてそこから箱に入った円錐《えんすい》のコーンを取り出した。表面に焦げ目のある香ばしそうなコーンを俺の手に持たせた。

渋谷は欲張りにも三色のマーブルアイスを作り上げて、コーンに乗せる。それは見本のようにきれいなまんまるだったので、こんなに器用なのにどうして料理があんなに出来ないのか不思議だった。

仕上がりに満足してうっすらと笑みを見せた渋谷に、廊下で見た幽霊の面影はなくなっていて、だからあれは俺の後ろめたさが見せた幻なのかもしれなかった。

テーブルの向かいに座った渋谷が、「こういうの家でも食えるんだな」と、感心したように言った。

なんだかそれがちょっと寂しげに見えてしまったので、俺はテーブルの下でつま先を渋谷の足にくっつけてみた。

それで渋谷がちらりと俺を見て、どうしてだか蹴り返された。渋谷が薄い舌でアイスを舐めたりしたら、たぶん俺は気が気じゃなくなっただろうけれど、アイスを噛み砕くタイプだった。コーンごとひとくちでガブリといって、もぐもぐと味わっている。

「なんか変な味」

三色を混ぜこぜにしてしまったことも忘れたように文句を言った。渋谷はコーンが気に入ったようで、アイスが無くなってもコーンのまわりの薄い紙をべりべりとはがして最後のとがったしっぽまで全部食べつくした。

それから、なくなってしまった手の中を見つめたので、俺はもう一個食ったらと言おうとしてくちを開きかけた。

「高井はまだ俺のこと好きなの」

「え？　好きだけど」

焦ってそれだけ言うと、渋谷は「ふうん」と声に出した。

どうでもよさそうに息を吐くのがうまいよなと思う。でも本当はどうでもいいと思っていないようで先を続けた。

「さっきので、嫌になったかと思った」

「何でそんなこと思うの。嫌になるならおまえのほうだろ。俺はすげえ嬉しかったよ?」

びっくりしてしまってそう言うと、渋谷は少しだけ顔をあげて視線をさまよわせた。安心してほしかったのにさらに困らせてしまったようだった。

日に焼けていない白い耳。俺はそれを見るたびにどきどきした。

「俺も、別に嫌じゃなかったけど。おまえのこと好きだし」

あんまりにもゆっくりと言われたので、途中から自分の妄想で補っているような気分に陥った。ずっと言われたいと思っていたのに、実際に言われてみたら全然現実味を持たなかった。

「あのさ、おまえまだあれ持ってる?」

渋谷の目は真剣で、綺麗な水みたいに透き通っている。

「あれ?」

「コンドーム」

それがまるでアイスのことを言うみたいに平坦な声だったので、テーブルをひっくり返したいくらいの衝動に駆られた。つばを飲み込んで、「ああ、あれ」と返事をするのが精一杯だった。

その話は二週間前に遡《さかのぼ》る。

渋谷のバイト先に胸の大きなカワキタさんという女の子がいる。どうやらその子が俺を気にいったようで、しかも渋谷はその事実が気にいっていないようだったので、それで話をした次の日に俺はコンビニで買い物をした。

いつも店に入るなり渋谷のもとに行くのに、その日に限ってぶらぶらしているので、渋谷は俺ばかり目で追っていた。

俺はそれを横目で満足げに眺めながら、わざわざカワキタさんのいるレジに並んだ。

その時、隣のレジに立っていた渋谷は、え、ってすごく可愛い不安げな表情を浮かべてこちらを見たので、俺は途端にうきうきして、はいってコンドームの箱を店員の前に置いた。

「あ、そうだ。おまえはこれでいいと思う？」

くるんと横を向いたら、呆然としていた渋谷と目があった。

「他のやつのがいいかな？」

「……そんなの、使うやつと相談したら」

「ん？　うん、まあ使ってみてから感想聞けばいいよな。これください」

俺はあんまりにも普通で、彼女は微妙に強張った顔をしていた。これでもうカワキタさんが俺を合コンに誘うとは思わないだろうし、できれば渋谷にも興味を持たないでほしいなと俺は思っていた。

それで、あのコンドームの話だ。

「そういえばあのまま学校のバッグに入れっぱなしだった」

「おまえ持ち物検査とかあったらどうするんだよ。つーかあの学校、新学期に必ず検査あるだろ」

渋谷はうんざりしたように呟いた。

「え、使うの？」と、俺は今さらながらに驚いてそう聞いた。

「使わないと駄目なんだろ、男でも」

渋谷が当たり前のようにそう言うので、男でもってそりゃコンドームは男が使うものだろと思ってから、あ、男相手でもって意味か、って気がついた。

だからアイスが溶けてどろどろになっていたのに、ぼけっと渋谷の顔を眺めることしかできなくなった。

渋谷はコンドームの箱の外側のセロファンをはがしながら、「電気消さねえの」と言った。

それは聞くというよりも怒っているようだったので、俺は「消したほうがいい？」と逆に聞いてみた。

渋谷は眉間にしわをよせて、難しい顔で「消したほうがいい」とくちにした。

「俺はつけてるのも好きだけど」

それにドアのところまで行くのは面倒だなと思っていたら、渋谷はちらりと上目づかいで俺を見て「消すからな」ともう一度言った。

箱から一枚だけ四角の包みを取り出して、ちょっと呆然としたようにそれをシーツに置く。紺色のシーツの上で、薄い黄緑色の袋はずいぶんと違和感があった。ゴムを囲んで俺と渋谷はベッドの上に座っていたのだけれど、仮にこれからオセロが始まっても俺はびっくりしない。それくらいこの場にはムードというものが欠けていた。

「おまえ脱ぐ？　俺が脱がすの？」

ゲームの先攻後攻をきめるような口調で渋谷がそう聞いたから、ええ、と嘆いた。ひどい始め方するんだな、女なら泣いてるよ、と文句を言ってやりたかったけれど「俺が脱がします」と返事をした。

「俺は自分で脱ぐからいいよ」

渋谷は嫌そうにくちにする。恥ずかしがってるとか全然そういう風でもないので、きっと本当に嫌なのだろう。俺は落ち込んだ。

気持ちを切り替えるために乱暴にTシャツを脱いだら、ぎゃって声が上がった。渋谷は目を丸くして、女の子のように顔を赤らめて動揺していたので、それでまあいいかと思った。

抱きしめると「脱がせたいけどいい？」と聞いた。

「嫌だ」

「じゃあまず上からな」

背中から手を入れて強引に脱がしてしまうと、渋谷はひざをかかえるようにして小さくなった。

腕の中に半裸の渋谷がいるのは不思議な感じだった。骨の浮き出た肩に手を置いたら縮こまってしまって、小さな背中はしょんぼりしているようにも見えた。

でもしっとりした肌が思いのほか気持ちよかったので、なでてしまった。日に焼けていない背中は白くて、やけど跡なのか、不自然なひきつれや傷跡が余計に目立ってしまっていた。

「明かり消してくる」

急にふわりと立ちあがってベッドから降りようとするので、思わず腰に腕をまわして引き寄せた。

渋谷はバランスをくずして背中から倒れ込んだ。

危ないって思ったので下敷きになったけれど、骨同士がぶつかってしまってけっこう痛かったので、ひょっとしたらベッドに転んだほうが痛くなかったかもと思った。

でも腕枕みたいな格好で渋谷を見るのはとてもいい。

「電気」って渋谷がまた言った。

「いいよ。このましよ。明るいほうが渋谷のこと見えて楽しいし興奮する」

笑いながら素直にそう白状すると、渋谷は寝転がったまま頼りなく俺を見上げてきた。

「おまえ、俺見ても興奮すんの？」

「ん？」

今さらこの状況でなに言ってんだろうと、質問の意味がよくわからなくて首をかしげたら、「ならいいけど」と小さく呟いた。

「ゴムつける？」

「え、早くない？」

びっくりして思わずそう聞いたら、渋谷はもっとびっくりしたみたいに目をぱちぱちとしばたたかせた。

「ごめん」

「ちょ、いや謝られても。あのさ、おまえセックスって何すると思ってんの」

「ケツに入れるんじゃねえの？」

違うのって、ひどく困ったような顔で首をかしげた。違わないかもしれないけれど、けっこうその言葉は衝撃的だしショックだった。

「えーと、なんかもっとキスしたりべたべたしたりとか、そういうのをしたいんだけど」

「えっ」

渋谷はなにかに失敗した時のように、絶望的な顔を見せた。

「今日、そういうのなしじゃ駄目か？」

意味が全然わからなかったし、しかもなんでそこまで困られるのかが俺には全然わからなかった。

俺がしばらくしていないうちに、セックスのやり方がかわってしまったのだろうか。

「おまえさ、俺にさわられるの嫌ならこんなことするって言わなきゃいいだろ」

これが倉敷へのあてつけだったら、俺にも責任の一端はあるけれど、少しだけいらっとしてそう言った。

渋谷は顔にふれる程度のことでも苦手としているし、まあおそらく今夜はできないだろうなって思いながら、誘いにのった自分にもバカすぎて腹が立った。

「フェラして吐いたから、俺が傷ついてるって思った？　それとも渋谷がやり直したかっただけ？」

渋谷はなんの表情も浮かべなかったけれど黙ってしまった。

本当は、吐いたことに傷ついたのは渋谷のほうだ。可哀想に思うなら今夜くらいはそっとしておいてやればよかったのに、俺がすることはさらに傷を深めただけだった。

俺は好きな相手と裸でいて、なんでも許してあげられるほど大人ではなかった。ため息をもらしたら、それは渋谷に向けたものじゃなかったけれどびくりとして、「だって」と言った。

「だって、俺がいやがったらおまえ途中でやめるだろ」

鼻声だったので、黙っていたのは涙をこらえるためだとわかった。

そういうのは、高校生の男が使うにはずるい手だって教えてやりたくなるけど、俺には完全に有効だったからなにも言えなかった。

「俺が嫌がっても、無理やりしてくれたらいいのに」

「はあ？」

心の中が思いきり顔に出た。というかあえて出したら、渋谷は呆れ果てた俺の顔をちらりと見て、すぐに「嘘だ」とすねた声で呟いた。

それが思ったよりも可愛かったので、ハーフパンツを脱がしてやった。てっきり蹴飛ばされるかと思ったのに、渋谷は身体を強張らせただけで声も出さなかった。だからちょっと意表をつかれて、ひょっとして本気でくちにしたのかなと思った。

目の前の、渋谷が素っ裸という状況に脳の処理が追いつかなかったので、視覚の効果はすごいと感心する。

太ももの内側の大きな傷跡は前にも見たことがあるのに、新鮮に映った。俺の視線に気づいたのか、渋谷は膝小僧をぴったり閉じた。ますます体育座りに近くなってしまう。

それでなんだかもっと見てみたくなって、身体を寄せてひざに手をかけたら、渋谷は怯えたように肩をすくめて俯いた。

いけにえってこんな雰囲気だったかな、と昔読んだ本を思い返した。いけにえは綺麗な女の人だった。渋谷は女の子じゃないけれど、俯いてくちびるをぎゅっと結んでいるのは、ひどく哀れで綺麗だった。

前髪にくちづけたらそこはまだ冷くて、体温を感じたくて肩の火傷のあとを舐めてみる。ひきつれた皮膚は薄いゴムの感触に近くて、皮ふの下の肉の色が濃く透けていた。

その赤さは他の場所よりも渋谷に近い気がして、気にいって舌で遊んでいたら、とっさに伸ばされた指が俺のズボンをつかんだ。

きゅっと握りしめているのは、自分の身体が逃げないようにつかまるところを求めているだけだったけど、それが俺の服だったので嬉しかった。

視線をずらしてみたら、首すじに金色に近いうぶ毛がほわほわしていて、それで鳥肌が立っていることに気がついた。

二の腕をつかんだらそこも明らかにぽつぽつしていたので、俺は今までふれていた肩に軽く頭をのせて気持ちを落ち着けた。

「入れちゃう?」

そう聞いたら、渋谷はおそるおそる顔をあげて俺をふり向いた。

くちびるがほとんど白で、指のはらでなぞったらますますそこに力を入れるので困った。

「やめてもいいよ」

渋谷はそれを聞いたらほとんど泣き出しそうになって「入れて」って言った。うわあ負けそう。たぶん俺は渋谷のやることなすことすべてに弱くて、母さんの言うような当たり前の理屈なんてなんの役にも立たない。

　ブランケットをひっぱりだして渋谷に巻きつける。こうしたら肌がふれないから大丈夫かな、と思って抱きしめてみたけれど、渋谷はすまきになったままできょとんとして俺を見上げた。

　ひたいにキスして、やわらかい布の上からゆっくり背中をさすったら、少しだけ身体の力が抜けた気がした。

　腰のあたりを押さえて、ブランケットの下にもう片方の手をくぐらせる。ひやっとした脚のあいだにてのひらを差し入れると、渋谷はあからさまに身体を強張らせたけれど、嫌だとは言わなかった。

　水気のないひとさし指は、第一関節がうまったくらいでもうどうしようもなくなってしまった。

　力を入れたら入りそうな気もするけれど、抱いてる身体が震えすぎていて俺まで心臓が冷えてしまう。

　アイスなんか食わせなきゃ良かった。さっきから渋谷にふれているところは全部冷たい。

　少しでもあっためたくて脚をなでて、ぺたんこの尻を広げさせてまた指を動かすと、渋谷はさらに身体を丸めようとした。

　可哀想になって少しだけ性器をさわってみる。くったりしたそこは身体のどこより冷え切っていて、てのひらで弄《もてあそ》んでみてもちっとも温かくならなかった。

「ん、ん」

「どした？　嫌だ？」

身体をずらして顔をのぞき込むと、ほおは涙でべたべたで、くちびるは場ちがいなほど赤い血で汚れていた。

「おまえ嚙んだの？」

びっくりして飛び起きる。無理やりくちをあけさせて確かめてみたら、舌が少し傷ついてくちびるにも嚙みあとがくっきりついていた。

ぼんやりした顔の渋谷を寝ころがせてベッドから降りる。学校のバッグからハンカチを取り出して、くちに当てるとぎゅっと血を吸わせた。

ハンカチがくちもとから離れたら、渋谷が確かめるように舌で舐めようとしたので、「バカ」って止めた。

本当にバカだ。いつか渋谷が俺に慣れて、エロいことができるようになったらいいなと思った。でもそこまでつらいことを我慢させてまでしたいわけじゃなかった。ここまでしてセックスしなきゃいけないなんて、そんな風に俺には思えない。

でも目が覚めたようにはっきりした顔になった渋谷は、吐いた後みたいな悲壮な感じをただよわせて俺を見つめた。

「高井」

「だめ。今日はもう終わり。早く寝ちゃいな」

ぱちんと部屋の電気を消した。真っ暗な中、歩幅をかぞえるだけで正確にベッドまでたどり着くと、渋谷の上に掛け布団を引っ張り上げて隣にもぐり込む。

隣の気配は怖いくらいに緊張していて、いまにも泣きだしそうなんじゃないかと訝しんだけれど、顔がよく見えなかった。

「俺になんかしてあげたいの？」

自分で言うとひどく傲慢に聞こえた。渋谷は違うって、暗闇に溶けそうな小さな声で言った。

「俺は、おまえに見放されるのが嫌だって、思ってる」

「渋谷は時々嫌なこと言うよな」

俺は笑った。手を伸ばしてひたいにふれる。熱をはかるみたいにしたら、短いまつげが手にふれた。

暗闇に目が慣れるのが早い俺は、渋谷の薄茶色の目がじっとこちらを窺っているのを見つめ返した。

「おまえのこと見放す日がきたら、俺のこと殺してもいいよ」

それからてのひらを肩にすべらせて、布団をすっぽりかぶるくらいまで引きあげた。

「渋谷が心配してるよりずっと、俺はおまえのこと好きだから安心しなよ」

ほおをなでたら、すり寄せてくるのが可愛かった。

のどがゴロゴロしていたら可愛いなと思って少し笑えた。

「おやすみアカネ」

渋谷がぴたりと動きを止めた。呼吸だけじゃなく、渋谷をかたちづくっている細胞全部が活動をやめてしまったみたいで、まるで静かな石のようになってしまった。

それで、ああって納得した。上の部屋であったことを思い出して、だから何気なくくちにした。

「おまえ、アカネって呼ばれるのが嫌いなの」

そのとき渋谷が出した声は、ぎゃあともきゃあとも聞こえるひどく甲高い声で、まともに聞いていたら頭がひび割れてしまいそうだった。

言葉にもならない音をただ叫んでる姿は、ひねり殺される動物を見るような悲惨さで、俺は可哀想だとか悲しいとか思う前にただ泣きたくなった。

声を失うってことがあるのだとしたら、それは今だって思った。

大丈夫だよっていくら囁いてもなだめても、渋谷はただわめくばかりで目すらあけようとしてくれない。

それでも飽きることなく抱きしめていたら、やがて悲鳴はしゃくりあげるような泣き声にかわった。

「た、高井ぃ」

「うん、落ち着いた？」

誤摩化すみたいに少し笑って、少しだけ身体を浮かせて顔をのぞき込んだら、涙でぐちゃぐちゃになった顔で怖がるように腕を伸ばしてきた。

背中にまわった手が震えていたので、抱きしめていてほしいのかなと思って、また身体をぴったりくっつける。そうしていると、心臓が金属でできた機械のようにはねているのが伝わってきて、それはたぶん血の音なんだなと思った。

「うあ怖い、怖い」

耳のそばで、ひゅう、とのどが鳴るのが聞こえる。寒くもないのに渋谷の歯はがちがちと音を立てていて、言葉はひどくかすれて聞きとりづらかった。

「俺、おれどっか行きたい。どっか遠くに行きたい。ここは怖い。怖いよ高井、お願いつれてって」

背中にまわっていたてのひらが、ぎゅっとしがみつく。興奮した熱い息が首もとにかかった。

「うっ、おれ、高井とふたりで暮らしたい。誰も見てないとこ行きたい。おまえと遠いとこ行きたいよ。お願い助けて」

熱に浮かされたように「助けて助けて」って言いつのるのを見て、俺はいいよって答えた。

「さらってやるから安心してな。おまえのこと誰にも見つからない場所につれてってやるから。

また駆け落ちしよう。ずっとおまえと一緒にいるよ」

「ん、うん。高井好き。好き」

「可愛いこと言ってると食うよ」

はあはあしていた渋谷は、ためらいなく俺の首に嚙みついた。食いたかったのは俺なのにと思ったけれど、けっこう思いきり歯をたてられたので背筋がぞくっとした。

急所のそばに食いつかれるのは悪くないけど痛い。

「こら」と引き離したら、渋谷はとろんとした目で俺を見返して、しかも真っ赤な顔をして涙とよだれでべたべただったので、それで脳の一部が焼き切れてしまった。

まずい、本当に食ってしまうかもしれないって怖くなった。くちびるに嚙みついたらそこは血の味がして、錆《さ》びているみたいだった。

傷ついて薄皮のめくれたくちびるを舐めて、浮かんでいた血を残らずすくいとる。きゅっと吸いあげたら、舌の上で血の味が濃くなった。

痛かったのか、ん、と鼻にかかった声をあげて抱いていた身体がすくんだ。かまわずくちをあけさせて、のどの奥まで舌で犯したら、けほっと渋谷がえずいてまた泣いた。

両脚を広げさせても抵抗らしい抵抗もない。全部が俺の自由になる人形のようでかなしかった。

「高井好き」

またぐずぐずした声でそう鳴くから、俺はもう渋谷が壊れてしまったとしてもかまわなかった。

ゴムを手さぐりで拾い上げて、薄い袋の端を噛みちぎる。渋谷の身体を持ち上げると、うつぶせにして尻を上げさせた。

まったく広がりそうもない狭い穴に唾液を舌で押し込むと、うああって子どもみたいな泣き声を上げた。

親指を入れたら、これ無理そうだなってわかるくらい狭かったのに、余計に興奮した。

高井、高井ってか細く呼ぶ声が、怖がってるのか嫌がってるのかわからなかったから、俺はそれに知らないふりをした。

両脚をそれぞれ外側に折り曲げて、腹ばいにさせたらすぐに無理やりに繋がる。

それはレイプと変わらないのに、渋谷は好きだとまた言って、それがひどく甘ったるく聞こえたのでふらついてしまう。

後ろ向きにしてしまったから、渋谷がどんな表情でそう言ったのかは見えなかったけれど、急に泣き声が止まったので驚いた。

「渋谷？」

気を失っても渋谷の中はきつい。押し動かしてもいないのに、ぬるついた穴には少なくない血がにじんで痛々しかった。だから引き抜く時、まずいとわかっていたのにひどくどきどきして、それからやっぱり少しだけ後悔した。

渋谷の首筋にそっと手を当てる。脈打っていたので心の底からホッとして、「あーくそっ」と吐き捨てた。俺にとっても渋谷にとってもただ痛いだけの行為は、それで終わりになった。


学校から戻ると、渋谷の部屋に向かった。

深く眠る渋谷は朝と変わらなくて、息をしているのか心配になるほどひっそりとしている。ひたいにさわると熱かった。渋谷は目を覚まして、とろりとした目で俺を見上げた。

「ごめん、起こした？」

渋谷は目を見開くと、勢いよく起き上がり俺の腕をつかんだ。

「俺、ちゃんとできた？」

「渋谷」

「ちゃんと最後まで全部できた？　なんか俺、悪い、あんまり覚えてない」

渋谷は言いづらそうにして、俯いた。可哀想になって頭をなでる。

「したよ。おまえ可愛かった。倉敷にセックスしたって自慢してもいいよ」

「……しねえよ」

文句を言いながら、ホッとしたように小さく微笑んだ。

ベッドに腰かけて渋谷を抱きしめるともたれかかってきた。子どもをあやすような仕草で髪をなで続ける。熱っぽく湿った身体が可哀想だった。

渋谷の気持ちは単純すぎる俺には難しい。可愛くて、わかってあげたくて、さわっても怖がらないでほしい。それだけなのに安心をあげるのは難しい。

母さんとした約束を、初めて真面目に考えた。大人になるまでセックスしないことが渋谷の安心になるのかな。腕の中の恋人を、本当の弟だと思えばもっと大事にできるのかもしれない。

「おまえ、なんで制服着てるの」

「学校へ行ってきたから。今日、終業式だよ」と答えた。

「荷物持って帰らないと、来月からは三年の教室だからな。渋谷の模試の結果も預かってきた。学年で一番の成績だったたって担任が言ってたよ。すごいよな」

「当たり前だろ。俺はこれからたくさん頑張って、自分を守るすべを身につけなきゃいけないんだから」

頼もしいことを言うので悲しくなった。そんなに頑張らなくてもいいよと、言ってしまいたくなる。渋谷はぎこちなく俺の胸にほおを擦《こす》りつけた。

「昨日、へんなこと言ったの、悪かった」

「なに？」

消え入りそうな声で「ふたりでどっか行きたいって、あれ本気じゃないから」と言った。

「俺、この家が好きだよ。父さんと母さんも好きだ」

「知ってるよ」

それでも渋谷が逃げ出したくなったら、俺はまた一緒に逃げよう。

三年生に進級して渋谷とクラスが離れてしまったので、学校で会うことは極端に少なくなってしまった。

進学コースの文系とエスカレーターの理系では当たり前だったけれど、運悪く校舎の端と端になってしまったので、俺には引き裂かれた恋人同士のように思えた。

成績も出席日数もギリギリの俺は、母さんからいっさいのバイトと遊びを禁止され、スポーツでの大学推薦枠のために年の始めから部活に入っていた。

渋谷と暮らすためならどんな要求だって飲まざるをえなかったけれど、一緒に過ごす時間がどんどん減っていって、時々はやっぱり逃げきればよかったって思うこともあった。

春頃の渋谷は思い出したようにぎこちなくて、勉強してくるといって自室に入り込むことが少なくなかった。

後ろめたいことのあった俺は引き留めることさえもできなくて、そんな時にはやっぱり勉強くらいしかすることがなくなってしまった。

結果として成績は一番下からだけど徐々にあがってきて、それで渋谷がホッとしたように「もう無理に教えなくても大丈夫そうだな」って言ったので、それで俺はしまったたって愕然《がくぜん》とした。

渋谷に勉強を教わるのは唯一のふたりきりの時間だったのにと、自分の馬鹿さ加減を呪った。

面倒な説明を省くため、渋谷は高校では『渋谷』で通していた。高井姓になったことを知っている人間は内輪にしかいなかったはずなのに、倉敷はどこからか情報を得たようだった。

それで怒った渋谷に「あいつに高井アカネって言われたぞ。おまえがバラしたのか」と詰め寄られたので、俺は倉敷との付き合いを見直さなきゃいけないなと思った。

けれど実際に渋谷が怒った原因は、詰め寄られた俺が「それってなんか、俺たち結婚したみたいだよな」としまりのない笑顔になってしまったせいなので、倉敷と絶交するのに意味はないのかもしれない。

その直後、ゴールデンウィークの渋谷はバイトばかり入れてしまったので、さすがの俺も反省した。夏が近づく頃には少しずつリビングにいる時間が増えて、ゆったりとデザートを食べる機会が多くなった。

野菜室に放置されていた丸ごとのパイナップルの皮をむく。横で見ていた渋谷は、緑と黄色と茶色の入り混じったとげとげの皮を不思議そうに見つめて「ワニみたい」と真面目な顔で言った。

皮をまじまじと見てみたけれど、そこからワニのイメージがわいてこなかったので、「似てるかな?」と聞いてみた。

渋谷は普通の顔で「さあ」と答えた。

「俺、ワニって実物見たことねえからわかんない」

分厚い皮をつまんだ。ざらざらの表面を指で弄ぶので、俺は黄色の実を一口サイズに切ることに専念した。

「じゃあ日曜に動物園にワニ見に行く？」

誘ってみたら、「男ふたりで動物園って気色悪い」と即答されたので、絶対に連れて行ってやろう。寝起きの渋谷はたいがいぼうっとしているので、無理やり連れ出せばできないことはないだろう。それはデートの予定でひどく楽しかった。

先にテーブルに戻った渋谷が「ワニミニ」と楽しそうに呟くのが聞こえた。

渋谷はパイナップルを食べながら、急に「俺、弁護士を目指そうかな」と言いだした。

「なんで？」

「おまえの母さんかっこいいし」と呟いて、恥ずかしそうに俯いた。

「怖いけどな」

「……怖いけどかっこいいだろ」

そう言って、はにかむように笑みを見せたので、俺は途端に悔しくなって、フォークが折れそうなくらい強く握りしめた。俺だってそんなこと言われたい。渋谷に、かっこいいって二回も言われてみたかった。

そんなことをくちにすればまた醒めた目で「馬鹿じゃねえの」って言われるのがわかっていたので、「母さんが聞いたら喜ぶよ」と言った。少しでも大人な発言に聞こえていたらいい。

「え、そんなこと言えない」

渋谷は心底びっくりした顔で俺を見つめ返した。

「点数稼ぎに聞こえたら嫌だし」

ぼそぼそ言いながら困った顔をするので、俺は悲しくなった。点数なんて家族につけるものじゃない。

「俺は渋谷に持ち点全部かけてもいいけど」と笑うと、渋谷は俺を睨んだ。

「渋谷だって自分がわかってるところでも、いいなって褒められたら嬉しいだろ。俺は、家族だってここがいいって思ったら、素直に言うのがいいと思うけど。家族が一番そういうのに気づけるんだしさ」

「俺がおまえ褒めたら、素直に受け取れんのかよ」

「え、渋谷が俺のこと褒めてくれんの⁉」

がぜん張り切って身を乗り出した。こんなにわくわくして返事を待つのは、小学校の担任に「入選確実」って言われた作文コンクール以来かもしれなかったけれど、思えばあの時も俺は赤い花をもらえなかった。

渋谷は俺のわくわくぶりに言葉を失ったようだった。

「くち、べとべとするからゆすいでくる」ってソファから立ってしまったので、俺はまた大事な機会を逃してしまったのかもしれなかった。

「高井のこと最初、ヒーローみたいって思った」

え、と顔を上げると、渋谷はまだリビングの入口に立っていた。俺はなにがヒーローなのかわからなくて、母さんに嫉妬するみたいにその言葉を聞いていた。

渋谷は俺から目をそらして、床をじっと見つめた。

「おまえ覚えてないだろうけど、去年の春にも俺と会ってるんだよ。始業式の夜に上級生と喧嘩していたら、高井が来てあいつらのこと当たり前みたいに助けた」

それがどうしても思い出せなかったので、俺は混乱してしまう。渋谷との思い出で、忘れたものがあるなんて許せなかった。

「俺はそれで、少しだけあいつらが羨ましかった。親父に殺されかけた時、ドアを開けたら高井がいたから、なんでおまえは助けてって思ったら来てくれるんだろうって思ってた。助けてって言ったら俺みたいのでも助けてくれそうで、手を離せなくなりそうで怖かった」

それだけ言うと苦しそうに息を吐いて、くちを腕でぬぐった。そんなに乱暴にしたら、くちびるが切れてしまうのにって俺は心配になった。

ぐーの形にされたてのひらは、わなわなしている身体にぴったりと寄り添って、倒れないように支えているように見えた。

「高井にまたねって言われた時、俺はじゃあなって言うのつらかった。ずっと先まで後悔してた。おまえの手を離したこと、なんでって思って施設でだっていつもおまえのことばかり考えてた。空想のおまえはいつも笑ってたから、俺の近くにいればいいのにってそう思ってた」

俺はもうぽかんとしてしまって、泣きそうな渋谷を見つめるのが精いっぱいだった。

「おまえが泣いた顔が、俺が一番綺麗だって思うものだよ」

そう言った渋谷は本当に綺麗で、なのに俺は「それじゃドエスだろ」ってくちにしてしまっていた。

渋谷は「そうだよ」って微笑んだ。

「ちゃんとした、恋人らしいこともできないのに、俺といてくれてありがとう。公園で、離れたくないって、なんでもいいから一生一緒にいてって言われたのが俺の人生で一番嬉しかったことだよ。おまえの家族に、してくれてありがとう」

それできらきらした粒がぱたっとほおに落ちたので、俺は器を放り出してそばに駆けよった。あれ、って思ったらもう腕の中にはすっぽりと渋谷がおさまっていて、それは全部決められていたことのように思える。

渋谷は泣くのをこらえてはあはあしていたけれど、俺も動悸がひどくてはあはあしていたからおあいこだった。

抱きしめたらこなごなにしてしまいそうで怖かった。

「来月になったら誕生日がくるから、俺、十八になるよ」と言った。

渋谷がその話を覚えているかわからなかったけれど、ただ笑ってほしかった。

「そしたらおまえ、結婚できるんじゃねーの」

ぐずぐずしながら、冗談でも聞いたみたいに楽しそうに笑った。

「してくれんの？」

プロポーズだっていうのに、俺までおかしくなってつられてふふと笑ってしまう。

渋谷は答えなかったから、その間ずっと抱き合っていた。たとえ答えがノーでも俺たちはもう家族で、だからきっといつまでもふたりで暮らすことができるのだと思えばしあわせだった。

完

277　今日、おとうとができました。

あとがき

今作は六年前に初めてWeb公開した小説をもとにしています。

書籍化していただくことになり読み返したところ、家族でツンデレでボロボロ主人公と自分の嗜好が満載で、こりゃ書くの楽しいわ……と当時の気持ちを思い出しました。

小説の書き方などわからず、自分が読みたいものを書き始めたら楽しくて、楽しすぎたので今でもボーイズラブ小説を書いています。人生に思いもかけない機会をもたらしてくれたお話になりました。

羽純ハナ先生のイラストを初めて拝見した時、それは登場人物のいろんな表情を描かれたラフだったのですが、高井と渋谷が想像を超えて鮮明で、お話を書いていた時より興奮して、遅まきながら本にしていただけることに心から感謝しました。

私、可哀想なのが好きなんですが……可哀想って壮絶な色気と紙一重だと思っているのですが、羽純先生の渋谷は可哀想可愛いを極めていて。なので、見どころはイラストだと思うのですけれど、可哀想でいびつで、少しだけしあわせな物語も楽しんでいただけたらうれしいです。

最後に、出版に関わってくださった皆様に心から感謝を。ありがとうございます。

恵庭

この先ずっと
2人で幸せに…✧
ありがとうございました！
羽純ハナ
ラフより
倉敷と梶

-ダリアシリーズ　既刊案内-

5人の王
（全3巻）
ENIWA
恵庭
Illust. EPO
絵歩
孤独な王が求めたのは、
ただ一人の星見だった。
王が抱いた相手には所有のしるしが現れる――
神の血をひく5人の王が治める国・シェブロン。
「星見」という力を持つ妹の代わりに、傲慢で冷酷な青の王・アジュールに召し上げられたセージは、彼にその身を捧げることとなる。宮殿での日々の中、
赤の王に出会い、淡い恋心を抱いていくがその想いは許されるものではなかった。
そんなセージをあざ笑うかのように弄び、突き放す青の王。
悲しみと、彼への憎しみにセージは声を失い、秘めた神の血が目覚め――。

大好評発売中!!

-ダリアシリーズ　既刊案内-

恵庭
絵 歩
Illust. EPO
ENIWA
ALL IS FAIR IN LOVE AND WAR.
5人の王
外伝
（全2巻）
欲しいのは、ただひとつの「特別」
青の宰相であるシアンは、水道長官のウィロウが四人の女と婚約したことを知らなかった。しかし、ウィロウの婚約祝いの場に居合わせてしまったシアンは、売り言葉に買い言葉でなぜかウィロウに求婚され、受けてしまう。＜青の学士＞に憧れているウィロウと、恋愛を知らないシアンの結婚生活が始まる。才能を持つ者への嫉妬、戦場での裏切り、青の王との記憶。シアンの知られざる過去が明らかになる——。

大好評発売中!!

初出一覧

今日、おとうとができました。…………………… 「ムーンライトノベルズ」
(http://mnlt.syosetu.com/)掲載の
「今日、おとうとができました。」を
大幅加筆修正

ダリア文庫をお買い上げいただきましてありがとうございます。
この本を読んでのご意見・ご感想・ファンレターをお待ちしております。

〒170-0013 東京都豊島区東池袋3-22-17　東池袋セントラルプレイス5F
(株)フロンティアワークス　ダリア編集部
感想係、または「恵庭先生」「羽純ハナ先生」係

この本のアンケートはコチラ!
http://www.fwinc.jp/daria/enq/
※アクセスの際にはパケット通信料が発生致します。

今日、おとうとができました。

2016年10月20日　第一刷発行

著　者
恵庭
©ENIWA 2016

発行者
辻 政英

発行所
株式会社フロンティアワークス
〒170-0013 東京都豊島区東池袋3-22-17
東池袋セントラルプレイス5F
営業　TEL 03-5957-1030
編集　TEL 03-5957-1044
http://www.fwinc.jp/daria/

印刷所
図書印刷株式会社